DU MÊME AUTEUR

Je me suis tue
prix du Premier roman
des Journées du Livre
Grasset, 2015
et Points, n° P4473

Un fils parfait
prix Claude Chabrol
prix Enfance Majuscule
Grasset, 2017
et Points, n° P4721

Est-ce ainsi que les hommes jugent ?
prix Yourcenar
Grasset, 2018
et Points, n° P5009

Mathieu Menegaux est né en 1967. Il est l'auteur de trois romans disponibles chez Points : *Je me suis tue*, primé aux Journées du Livre de Sablet, *Un fils parfait*, prix Claude Chabrol du roman noir, porté à l'écran pour France 2 en 2019, et *Est-ce ainsi que les hommes jugent ?*, prix Yourcenar, en cours d'adaptation.

Mathieu Menegaux

DISPARAÎTRE

ROMAN

Bernard Grasset

TEXTE INTÉGRAL

ISBN 978-2-7578-8646-5

À Marie, mon fil d'Ariane, depuis vingt-huit ans

« Disparaître, c'est réussir. »

Paul Éluard, Revue *Le cœur à barbe* (1922)

Paris – Les Abbesses

Un silence brutal vient de s'abattre sur les Abbesses. Quelques instants auparavant, la rue des Trois-Frères grouillait de monde, des hommes et des femmes riaient, s'apostrophaient, trinquaient, s'embrassaient, fumaient et parlaient fort. Ils occupaient tout l'espace des trottoirs étroits, traînant parfois sur la chaussée, au risque de se faire klaxonner par les automobilistes qui osent affronter les coteaux de la butte Montmartre un soir de juin. En une seconde toute cette foule s'est figée. Les joyeux drilles se sont statufiés. Le cri les a glacés. Tous ont tourné la tête, cherché à localiser d'où il provenait. Il retentissait encore, alors qu'il n'avait duré que quelques secondes. Un hurlement de femme, primitif et inoubliable. Certains, rares, ont vu le corps chuter. La plupart n'en ont pas eu le temps. Mais, au silence qui a suivi le choc, tous ont compris qu'elle était morte.

L'agitation succède à la sidération. Des dizaines de personnes sortent leur téléphone pour appeler les secours, certains charognards pour être les premiers à prendre en photo la scène macabre. Beaucoup crient à leur tour, tremblent, pleurent, se réfugient dans les bras les uns des autres. Un cercle se forme autour du corps, un étudiant en médecine se faufile et s'agenouille auprès de la dépouille, pour chercher du bout des doigts le pouls sur la carotide. En vain. Au vu de la position du corps, il vaut mieux qu'elle soit morte, songe-t-il. Par réflexe, il se relève et intime aux badauds de reculer mais ils sont nombreux à vouloir satisfaire une morbide curiosité. Elle a vingt-cinq ans à peine, des cheveux noirs bouclés encadrent un visage harmonieux épargné par la chute. Elle est vêtue d'une robe noire et blanche, elle est jambes et pieds nus et la vision des membres désarticulés est une épreuve pour les spectateurs qui se sont approchés. Les commentaires vont bon train, c'est épouvantable, quelle tristesse, quelle horreur, mon Dieu, mais qu'est-ce qui peut bien pousser une si jolie fille à se jeter par la fenêtre ? La plupart des badauds s'éloignent et rentrent chez eux, choqués.

Les secours arrivent enfin, dans un vacarme amplifié par l'étroitesse des rues. Les pompiers ne ménagent pas les charognards qui sont demeurés à proximité du corps, et certains téléphones heurtent le sol pavé. Enfin, un périmètre de sécurité est établi quand survient la police. La responsable des opérations a une trentaine d'années, à peine, les cheveux attachés. Elle porte une veste en cuir, le brassard Police au bras droit, et, malgré son jeune âge, elle a le regard de ceux qui ont déjà eu rendez-vous avec un cadavre. Les pompiers ont eu tôt fait de confirmer le décès, mais le corps n'est pas évacué tout de suite : il faut attendre les équipes de l'identité judiciaire qui vont effectuer les clichés et les relevés, procédure habituelle en cas de mort violente. Certains témoins se présentent d'eux-mêmes à l'officière de police, mais aucun n'a assisté au début de la chute. La victime est-elle tombée depuis le toit de l'immeuble, ou a-t-elle basculé par la fenêtre ? Impossible de le savoir dans l'immédiat. La policière exhorte l'un des occupants du bâtiment, au spectacle, accoudé à la rambarde de sa fenêtre, à descendre ouvrir la porte cochère, verrouillée par un code. Après d'interminables secondes, enfin, l'huis s'ouvre. Pas de concierge, une loge transformée en local à poussettes, et des boîtes aux lettres ornées d'une collection d'étiquettes raturées. Parmi tous ces noms, il doit y avoir celui d'une femme qui ne relèvera plus son courrier. Les policiers en tenue gravissent les étages, frappent aux portes et interrogent en vitesse les habitants pour identifier la victime. Ils reviendront plus tard poser des questions sur les circonstances. Seul l'occupant du sixième gauche ne répond pas aux coups frappés à la porte. De l'extérieur, effectivement, la fenêtre est ouverte et pas une tête ne dépasse. Comment s'appelle votre voisine ? Vit-elle avec quelqu'un ? Personne ne sait répondre. Bonjour, bonsoir, elle était là depuis quelques mois, la jeune du sixième, une fille très discrète, on se croisait rarement, comment voulez-vous que je sache comment elle s'appelle ? L'identité judiciaire est là, il était temps, on va pouvoir évacuer le corps, mais la police demeure sur place. Il faut attendre le serrurier, maintenant, procéder à l'ouverture de la porte de ce sixième sans ascenseur. Dans l'intervalle, d'autres témoignages sont recueillis, mais qu'y a-t-il à dire de plus ? Tout se résume en trois temps : un cri, un bruit, une morte.

La capitaine Balansart s'impatiente. Elle aurait dû demander aux pompiers de fracasser la porte. Rien à faire qu'attendre. La fille n'avait pas de papiers sur elle. Une gamine. Quelle tristesse. Quel gâchis. Il va falloir téléphoner à ses parents, les sortir de leur sommeil pour briser leur vie à jamais. Votre fille a eu un accident. Combien de fois a-t-elle prononcé ces mots ? À chaque intervention sur une scène de crime ou d'accident, elle prie pour que la victime ne soit pas tout à fait morte, qu'elle décède à l'hôpital, que ce soit le type ou la femme en blouse blanche qui prévienne les proches. Le médecin, au moins, peut affirmer qu'il a tout essayé, qu'il s'est battu, rassurer la famille sur l'absence de souffrance du défunt. Il a un stéthoscope autour du cou. Alors qu'elle, elle n'a rien. Rien d'autre à dire que oui, c'est grave, cet accident, très grave, même. Fatal. Que le fils, la fille, l'époux, la mère, la femme, le fiancé est décédé. Mort. Ce qui s'est passé ? Il est trop tôt pour l'affirmer, nous allons procéder à une enquête. Où est-il ? Vous pourrez le voir d'ici quelques heures, à l'Institut médico-légal de Paris. Il est nécessaire que vous vous y rendiez, oui, la justice et la police de la République française ont besoin de vous pour confirmer l'identité du défunt. Quand elle en parle avec ses collègues, ils sont unanimes. Tous ont fini par mettre une distance entre eux et ces images de leur quotidien. La mort et ses différents visages, d'apaisement, de crainte, de souffrance, d'horreur, les odeurs pestilentielles d'excréments ou de décomposition, les théâtres de torture ou de règlements de comptes, les blessures de guerre, ils tiennent le choc. Mais le désespoir des familles, la plainte, le silence hébété, les pleurs incontrôlables, les tremblements dans la voix, l'incrédulité, la violence, ils ne s'y font pas. Chaque nouvel appel ou chaque confrontation est unique, pénible, traumatisante. Balansart est appelée, enfin, et peut chasser ces pensées. L'artisan est arrivé.

Il ouvre la porte sans difficulté. Le verrou était tourné de l'intérieur, indique le serrurier. Deux agents pénètrent dans l'appartement, un minuscule deux-pièces, et confirment à la capitaine qu'il n'y a personne à l'intérieur. Elle hésite à entrer à son tour : elle pourrait demander à l'identité judiciaire de monter et de prendre les empreintes dans l'appartement. Pas besoin d'être sortie major de l'École nationale supérieure de la police pour affirmer qu'il s'agit d'un suicide mais l'équipe est encore en bas, autant ne négliger aucune hypothèse. Elle demande aux agents de les faire monter, enfile une nouvelle paire de gants et franchit le seuil du logement. Tout est impeccable, rangé et il flotte dans l'air un parfum de femme, que Balansart connaît, sans parvenir à le nommer. Le couvert est mis sur une table joliment dressée, que personne n'a dérangée. Une table basse, avec deux bols remplis l'un de radis, l'autre de tomates cerise, et un iPhone X. Au pied du lit, dans la chambre, un sac à main. Bottega Veneta, chic. À l'intérieur, un portefeuille, une carte d'identité, voilà pour le nom de la victime. Pour Balansart, la messe est dite : une jeune femme attendait un homme. Il n'est pas venu. Elle s'est jetée par la fenêtre. Fin de l'histoire.

Nice, Saint-Jean-Cap-Ferrat

Nager, pédaler, courir. Trois verbes pour une obsession : franchir la ligne d'arrivée. Nager trois kilomètres huit cents, pédaler cent quatre-vingts, et courir un marathon pour parachever le supplice. Imaginé par John Collins, commandant de la marine américaine, le premier triathlon consistait à réunir les trois épreuves sportives mythiques disputées sur l'île d'Hawaii : la traversée de la baie Waikiki Roughwater Swim, la course cycliste Around Oahu, et le marathon d'Honolulu. Si quelqu'un venait à bout de l'enchaînement de ces trois courses, il mériterait de s'appeler l'homme de fer. Depuis la première édition, en 1978, des milliers de dingues s'attaquent chaque année à ce défi, ainsi résumé : « Nagez trois kilomètres huit, pédalez cent quatre-vingts kilomètres, courez un marathon, et vantez-vous pour le reste de votre vie ! »

Franck Madion s'était fixé cet objectif, pour ses cinquante ans. Inscrit au triathlon « Iron Man » de Nice, il lui restait huit mois pour se préparer. Aussi s'astreignait-il à une discipline spartiate. Lever chaque matin à 5 heures, petit déjeuner protéiné et départ pour l'entraînement de course à pied. Short, chaussettes de contention, tee-shirt technique, baskets fluo avec lacets à attache rapide, Franck était équipé comme un professionnel. Après un coup d'œil au programme quotidien affiché dans son garage, il nouait sa ceinture porte-bidons, sélectionnait une liste de lecture sur son téléphone, enfonçait les écouteurs dans ses oreilles et zou ! Qu'il parte pour dix, quinze ou vingt kilomètres, en fractionné ou en cardio, il terminait sa boucle en bord de mer, en récompense pour son chien Pollux, un labrador à poils courts qui l'accompagnait à chaque sortie. Le bain de mer le mettait en joie et Franck en profitait pour effectuer sa routine d'étirements. Il consacrerait le reste de sa journée à réparer des climatiseurs, comptant les heures qui le séparaient de son départ à vélo pour taquiner quelques cols dans l'arrière-pays.

Ce matin-là, Pollux avait semé Franck dans la dernière ligne droite. Il avait filé tout droit sur la plage, jusqu'à l'eau, sans pour autant s'y plonger, et s'agitait, tournant presque sur lui-même. Madion ne l'avait jamais entendu aboyer de la sorte, et se demandait bien ce qui pouvait exciter son chien à ce point. Curieux, Franck avait accéléré le rythme de ses foulées jusqu'à rejoindre Pollux et découvrir avec effroi un cadavre. Madion avait appelé un de ses proches à la police municipale : il était trop tard pour faire intervenir les pompiers ou le SAMU. Nul besoin de formation médicale pour constater que c'était bien un noyé que la mer avait rejeté sur la plage. Nu comme un ver, le corps était couché sur le ventre, la peau du dos bleuie, et il allait et venait au rythme des vagues discrètes d'une journée sans vent. Sur cette grève déserte, à peine éclairée par un soleil naissant, le spectacle tragique d'une mort violente prenait presque une dimension mystique.

Choqué, Franck Madion comprit qu'il n'irait pas travailler aujourd'hui. Il allait devoir passer sa journée à témoigner, à raconter dans les moindres détails les circonstances de cette découverte, à la police municipale dans un premier temps et, très vite, à la police judiciaire de Nice. Pendant ses dépositions, il n'allait penser qu'à ça : pourrait-il sortir assez tôt pour enfourcher son vélo de course ce soir ? Louper le boulot, rien de grave, mais perturber son programme de préparation, là, c'était le drame. Franck avait découvert un cadavre, le corps d'un homme sans vie, dont les poumons avaient été envahis par l'eau de mer, provoquant l'asphyxie fatale, et la seule chose qu'il avait en tête, c'était les conséquences sur son plan d'entraînement ! Qui était cet homme ? Pourquoi était-il nu ? Accident ?

Assassinat ? Avait-il vraiment péri noyé, ou avait-on jeté son corps à la mer après sa mort ? Autant de questions dont Franck n'avait cure. Combien de kilomètres allait-il devoir ajouter à ses prochaines séances, voilà ce qui occupait son esprit, devenu complètement accro aux endorphines.

Une chance folle, se dit Antoine Mariani, le maire de Saint-Jean-Cap-Ferrat, en raccrochant le téléphone. Ce brave Franck, avec son obsession du sport et de la performance, avait permis d'éviter une catastrophe. Il avait grommelé et pesté qu'on le réveille si tôt, mais éviter que ce soit un touriste qui découvre un cadavre sur la plage, en début de saison, voilà qui valait bien quelques minutes de sommeil en moins. Malgré une voix pas encore éclaircie, il avait transmis ses premières instructions sur un ton comminatoire. Il fallait interdire l'accès au public et établir un périmètre de sécurité autour de la plage des Fosses. Sa presqu'île de rêve devait préserver sa réputation. Quelques embouteillages de plus ou de moins, passe encore, mais qu'un vacancier diffuse sur les réseaux sociaux une photo de noyé échoué sur la grève, non !

— Circulation des véhicules proscrite avenue Claude-Vignon et avenue Jean-Mermoz, barrières de sécurité et agents postés aux trois accès de la plage. Personne ne touche au corps avant l'arrivée des fonctionnaires de police. Faites en sorte que

Franck Madion reste à disposition dans les locaux de la police municipale.

Il lui demanderait comme un service de ne pas ébruiter cette aventure. La providence avait voulu que ce soit un enfant du pays qui tombe sur cette dépouille, cela devait rester dans un cercle aussi restreint que possible. La presse serait au courant bien assez tôt, et Mariani espérait avoir un peu de temps pour leur servir une histoire rassurante.

— Avertissez la police judiciaire de Nice.

À eux de faire les premières constatations, les photos de la scène, les relevés afin d'évacuer séance tenante ce foutu noyé de SA plage.

Il allait passer lui-même quelques coups de téléphone, l'un au préfet et l'autre à la procureure de la République, pour les prier de faire vite. La saison estivale démarrait à peine, la ville ne pouvait pas se permettre de voir des milliers de juilletistes déserter prématurément. Il était gêné à l'idée de réveiller à son tour des relations qu'il considérait comme des amis, mais l'enjeu l'exigeait.

— Armelle ? C'est Antoine Mariani. Je suis désolé de vous tirer du lit, madame la Procureure, mais j'ai besoin de vous en urgence. Un noyé sur la plage des Fosses. Mes agents municipaux sont sur place, et ils ont prévenu la PJ de Nice, mais vous et moi savons qu'ils ne feront rien sans vos instructions. Il faut qu'on gère tout ça avant le réveil des vacanciers, vous voyez ce que je veux dire ? Pouvez-vous me rejoindre sur place ? Comment ? D'ici 45 minutes ? Vous êtes une perle, Armelle ! Un grand merci et à tout à l'heure.

Voilà. Il était 6 h 30 et Antoine Mariani espérait qu'à 9 heures, tout serait nettoyé pour que les hordes de bambins en tee-shirt anti-UV puissent gambader sur les galets que les adultes se tournent et se retournent sur leur serviette pour dorer leur peau et développer des mélanomes, que les adolescents poursuivent leur quête d'un partenaire de rut et que les grands-mères commentent le spectacle, assises sur des chaises pliantes, sous des parasols colorés. The show must go on ! Il avait la responsabilité de protéger le bien-être de tous ces Parisiens, Danois, Hollandais, Anglais et consorts en villégiature, le commerce, la consommation, la taxe de séjour et la réputation de sa ville.

Depuis le début de son mandat, Mariani avait renforcé les équipes de maîtres-nageurs pour la surveillance des baignades en mer, investi dans plusieurs Zodiac pour accélérer la projection des équipes de secours, au cas où, et tout cela avait porté ses fruits. Les quelques rares noyades qui s'étaient produites avaient eu lieu en dehors de son périmètre direct de responsabilité : des parents négligents, qui s'éloignent pour se servir un autre verre de rosé, une piscine sans barrière et c'est le drame. Mais rien qui ne soit gérable en termes de communication. Un arrêté municipal de plus, une norme nouvelle, une déclaration de solidarité vis-à-vis de la famille dans la peine, une larme versée devant les caméras, le subtil équilibre entre action et compassion et le mandat municipal demeurait protégé. Dans le cas présent, c'était plus compliqué. Un cadavre sur la plage la plus fréquentée de Saint-Jean-Cap-Ferrat, bonjour la publicité... Mais, pourvu que ses équipes agissent vite et en toute discrétion, Mariani conservait l'espoir que ce regrettable incident soit réglé sous peu, merci Franck ! Grâce à sa découverte matinale, toutes les traces pourraient être nettoyées avant le réveil de ses concitoyens, et il éviterait les photos. Sans photos, pas de voyeurisme ni de sensationnel, pas de « buzz ». Tout cela finirait par un entrefilet dans *Nice-Matin*, petits services entre amis, journalistes et policiers, c'était de bonne guerre. Pourvu qu'aucun passant ne se pointe avant le bouclage de la zone ! Un idiot avec son iPhone et c'est l'épidémie sur les réseaux sociaux. Mariani n'était pas un utilisateur forcené de Facebook, Instagram ou Twitter mais il était capable de mesurer la catastrophe que cette tache virale représenterait pour sa commune. À peine le téléphone raccroché, il s'habilla en hâte pour se rendre sur place, et vérifier lui-même le bon respect de ses consignes.

Paris, quartiers chics

6 h 30. La mélodie tintinnabulante de son téléphone tire Étienne Sorbier de son sommeil. Comme chaque jour de la semaine, il se précipite sur l'appareil pour arrêter la sonnerie et éviter de réveiller Ariane, son épouse, qui dort à ses côtés. Il démarre sa routine matinale avec frénésie : lorsqu'on travaille sur des projets de fusions-acquisitions à plusieurs milliards d'euros, chaque minute est précieuse. Il désactive le mode « avion » de l'iPhone, chausse ses lunettes de presbyte et consulte ses mails. Il n'a pas quitté son lit. Il n'est pas allé dans le salon allumer la machine à café ou regarder par la fenêtre le temps qu'il fait aujourd'hui. Pourquoi faire ? Il y a une application pour connaître la météo, et il prendra un café au bureau. Ou plutôt dans *son* bureau. Le directeur de la filiale française de la prestigieuse banque d'affaires Richter & Co ne s'autorise aucun instant de détente entre collègues

autour de la machine à café. Si sa secrétaire n'est pas encore arrivée, il se rend à la cafétéria de l'étage, il active la machine et repart à son bureau pour la prochaine « conf call ». Pour l'instant, les yeux encore pleins de sommeil, Sorbier regarde les mails défiler sous l'action de son pouce.

Ses mails. Ses compagnons. Son principal sujet de préoccupation. Le baromètre de son humeur. Il en reçoit plus de quatre cents par jour, qu'il traite avec l'ardeur d'un stakhanoviste en présence d'un membre de la Nomenklatura. Son moral est corrélé au chiffre situé dans un petit rond rouge, en haut à gauche d'une enveloppe blanche sur fond bleu. La consultation matinale donne le ton de la journée. La planète des fusions-acquisitions ne dort jamais. Les équipes de la banque aux États-Unis ont continué à travailler alors qu'il partait se coucher et, depuis quatre ou cinq heures déjà, les équipes asiatiques sont à leur tour à pied d'œuvre. Richter & Co compte plus de mille bureaux dans le monde, répartis sur soixante-dix pays, cinquante mille collaborateurs et deux mille « Managing Directors », les vrais seigneurs de la compagnie, qui président aux destinées de cette institution. Richter & Co accompagne gouvernements et multinationales dans tous les domaines de la finance, depuis l'émission de dette souveraine jusqu'au financement d'infrastructures, en passant par le trading de matières premières, les introductions en Bourse et les fusions-acquisitions. Des deals à plusieurs milliards de dollars, sur lesquels la banque se rémunère par une commission moyenne de 1 %. Un jackpot. Depuis la quasi-faillite du système financier mondial en 2009 et les gesticulations des hommes politiques promettant une mise sous tutelle des banques d'affaires, jamais ce business n'a été aussi florissant pour Richter & Co. Il faut croire que c'est utile d'avoir de glorieux anciens Managing Directors qui occupent des postes de ministre des Finances, de dirigeant de Banque centrale ou de commissaire à la concurrence.

Quarante-deux messages non lus, ce matin. Baromètre : « variable ». Il en détruit une quinzaine sans même prendre la peine de les lire : les messages du Comité d'entreprise, les offres de sociétés parasites, les candidatures de ringards qui confondent Richter & Co avec une entreprise de bienfaisance, les newsletters de la communication interne, ou les invitations à des conférences sur la conduite du changement, hop, à la corbeille. Quant aux messages annonçant les promotions d'un grade à l'autre de certains collaborateurs, Étienne les efface également, comptant sur sa secrétaire pour lui rappeler de les féliciter. Il serait incapable de mettre des noms sur les visages de tous ces jeunes. Avec le temps, Sorbier finit par les confondre : pour lui, c'est un peu l'armée des clones. Ensuite, quelques messages transférés aux équipes qui travaillent pour lui, pour ses clients, sans un bonjour ou sans un merci, ils sont suffisamment payés pour ne pas avoir besoin d'amabilités. Le reste des mails, il lui faudra les traiter dans la journée.

Étienne se lève, téléphone en main pour éclairer le chemin qui mène à la salle de bains. Rasage mécanique. Étienne a cinquante ans et il ne s'est jamais rendu au bureau pas rasé. Il ne comprend pas cette manie qu'ont les hommes de se laisser pousser la barbe, depuis quelques années, quelle que soit leur position hiérarchique. Ce port négligé lui semble incompatible avec l'image lisse et impeccable que devrait véhiculer un banquier de Richter & Co. Mais il a baissé les bras. Étienne cite souvent cette phrase, qu'il attribue avec malice à Kafka : « Dans un combat contre le monde, je parierais plutôt sur le monde[1]. » Le rasage lui donne l'occasion de jeter un œil machinal à son agenda pour la journée, et de se désoler de l'apparition de cheveux blancs de plus en plus nombreux. Le charme de l'âge menace de laisser bientôt place au naufrage de la vieillesse.

Ouverture du placard dans le dressing et, comme chaque matin, le même dilemme : costume bleu ou

1. La citation exacte est tirée du *Journal* de Kafka : « Dans ton combat entre toi et le monde, seconde le monde. »

gris ? Chemise blanche ou bleue unie ? Jamais de rayures ni de carreaux ! Il y a bien une chemise rose dans cette penderie, achetée sur un coup de tête, mais vite oubliée. Un coup d'œil à sa collection de cravates. Voilà une concession à laquelle Étienne se refuse : vous travaillez chez Richter & Co, une cravate vous portez. Si vous voulez venir au bureau en jean et baskets, choisissez une « start-up », allez où bon vous semble, mais pas dans la plus ancienne et sérieuse banque d'affaires de la planète. Sorbier choisit chaque matin une cravate différente, en fonction de son humeur. Il laisse ses doigts effectuer sans effort un nœud Windsor. Costume gris, chemise bleu ciel, cravate unie bordeaux, chaussettes sombres en fil d'Écosse, souliers Berluti, Étienne est fin prêt. Il traverse le salon sur la pointe des pieds. Bien que Claire, sa fille unique, ait quitté le nid il y a presque un an pour s'installer dans un deux-pièces à Montmartre, il continue à éviter de faire grincer le parquet, traumatisé par les cris de sa fille s'il avait le malheur de la réveiller, putain, papa, tu fais vraiment chier, j'essaye de *dormir* !

Un taxi l'attend pour l'emmener au bureau. Le métro ? Inenvisageable ! Vous avez déjà essayé de faire un « call » à 7 h 30, en pleine heure d'affluence, sur la ligne 1 ? La dernière fois qu'Étienne a emprunté les transports en commun parisiens, c'était un de ces jours de crise où Paris est bloqué par quelques centimètres de neige. Un client l'attendait à La Défense, et il avait dû se résoudre à descendre sous terre, pour se rendre compte avec effroi qu'il n'y avait plus personne au guichet pour lui vendre un ticket. Une fois la neige fondue, Étienne avait retrouvé avec plaisir ses G7 « Club Affaires », réservés par sa secrétaire. Un brusque coup de frein sort Étienne de la somnolence dans laquelle l'avait plongé le confort du taxi. Il n'avait pas attaché sa ceinture pour ne pas froisser son costume, et il n'a pas le temps de protéger son visage. Le choc est violent. L'arcade sourcilière est ouverte, le sang coule et tache son costume et sa chemise. Étienne n'a pas vraiment mal, mais il se met en colère, s'en prend au chauffeur qui aurait pu, qui aurait dû, conduire avec plus d'attention. La peur rétrospective explique sa fureur. Pour le chauffeur, l'important est que l'avant de sa Mercedes n'ait pas percuté le crochet d'attelage qui dépasse de la Citroën dont l'abruti de conducteur a pilé juste devant, sans raison apparente. Quant aux remontrances de banquiers ou de politiciens de tous bords, il en a tellement subies qu'une de plus ou de moins…

Étienne s'en veut d'être odieux. Il n'avait qu'à boucler sa ceinture. Il n'a pas toujours été cet homme pressé, supérieur, obsédé par la performance. Doué pour les études, Étienne avait privilégié hypokhâgne aux dépens d'une taupe.

Admis à Normale supérieure, rue d'Ulm, en lettres classiques, il avait adoré ses années à l'ENS, payé pour apprendre, au contact des esprits les plus brillants de sa génération. Le goût de la dialectique, du débat d'opinions, et une farouche volonté de changer le monde l'avaient incité à embrasser une carrière politique. Remarqué très tôt, il avait atterri dans des cabinets ministériels où tous louaient ses capacités de « storytelling » et son sens de la formule. Il avait été plume du Premier ministre puis candidat Jospin, mais le tremblement de terre du 21 avril 2002 avait sonné le glas de ses ambitions. Après avoir accepté tant de compromis et renié ses convictions, le réveil avait été douloureux. La politique n'était qu'un vaste jeu de dupes, un territoire de désolation où seuls les enjeux du pouvoir et de sa préservation guidaient des acteurs obsédés par les ors de la République, incapables d'avoir un impact concret sur la vie quotidienne des citoyens.

Lorsque le patron de Richter & Co à Paris l'avait appelé, entre les deux tours de cette présidentielle maudite, pour lui proposer de passer de l'autre côté de la barrière et de mettre son énergie et son intelligence au service du monde de la finance, il avait prêté une oreille attentive, cette fois, après avoir si souvent résisté aux tentatives de séduction précédentes de banques d'affaires moins prestigieuses ou de grandes entreprises en quête d'un brillant directeur des Affaires publiques. La perspective d'un enrichissement matériel avait achevé de le convaincre, après ces années de sacerdoce sans rétribution. Sa fille Claire n'avait que quatre ans à l'époque, mais lui assurer une tranquillité pécuniaire avait fait pencher la balance. Sorbier avait ainsi rejoint les rangs de Richter & Co comme « senior executive », un grade flou à dessein, permettant de laisser toutes formes de perspectives ouvertes. Il allait rattraper le temps perdu et prendre en quelques années la place de celui qui l'avait embauché. Forts en business, les banquiers, certes, mais bien moins habiles que lui au jeu de la politique…

Étienne se calme. Il prie le chauffeur de l'excuser pour son éclat d'humeur, et lui demande de poursuivre sa route vers le bureau de Richter & Co, place de la Madeleine. Il n'a pas le temps de repasser se changer chez lui, tant pis. Il préfère arriver taché mais à l'heure plutôt qu'impeccable et en retard. Il ne sera pas dit que le dirigeant de la banque Richter & Co en France ne place pas le recrutement au sommet de ses priorités. En effet, c'est lui qui ouvre, comme chaque mois, la « Induction week », cette période de formation et d'intégration pendant laquelle les jeunes recrues apprennent les codes de la firme, les basiques du métier d'analyste, et les erreurs à ne pas commettre avant d'être envoyées au front. Ils sont une vingtaine à l'attendre, qui vont passer trois jours dans une salle à voir défiler des Vice-Présidents et des Directors aguerris (les échelons intermédiaires de la banque) leur expliquer, diapositives PowerPoint à l'appui, comment effectuer et interpréter un modèle de valorisation, calculer des multiples, utiliser les outils informatiques de la maison et remplir leurs « timesheets », quand intervenir dans une réunion pour exprimer son point de vue…

Ces brillants jeunes gens seront ensuite envoyés une semaine sur le campus de Richter & Co, à Long Island, État de New York, pour être soumis à des jeux de rôle et passer une première fois au tamis de l'évaluation, sanctionnée par une note. Les analystes « A » et « B » n'ont pas de souci à se faire. Pour ceux qui ont écopé d'un « C », ils ne le savent pas encore, mais leur durée de vie chez Richter & Co risque d'être limitée… Une fois le programme d'intégration terminé, les nouveaux viendront récupérer leurs cartes de visite gravées, en relief, leur carte de crédit au nom de la firme, pour régler leurs voyages et leurs frais, et seront priés de rester vissés à leur bureau en attendant d'être affectés sur des « deals », à l'achat ou à la vente. Ils travailleront jour et nuit devant un écran, au bureau, alors qu'ils espéraient être confrontés à des clients et participer aux « pitches », ces présentations pendant lesquelles le banquier convainc le client de l'intérêt de lancer une OPA sur telle ou telle société, bénéfices chiffrés et impact sur le cours de Bourse à l'appui.

Étienne apprécie ce rituel mensuel d'introduction, ce discours de bienvenue dans la firme – la secte… Il y donne le meilleur de lui-même. Les regards de ces jeunes ne trompent pas : ils sont fascinés par l'institution que représente Richter & Co, et si Étienne en est le chef, c'est qu'il est quelqu'un d'exceptionnel. Alors un costume et une chemise tachés ? Rien de grave, au contraire : voilà de quoi alimenter la légende !

Nice, Saint-Jean-Cap-Ferrat

Antoine Mariani observe Armelle Husson en grande conversation avec un homme qu'il ne parvient pas à reconnaître, probablement un nouveau du SRPJ de Nice. Un immense gaillard, qui doit tutoyer les deux mètres et les cent kilos, très impressionnant, auprès duquel la procureure ressemble à une petite fille. Les deux protagonistes se couvrent le nez et la bouche chaque fois qu'ils s'approchent du corps, et que le grand brun avec son brassard « Police » désigne quelque chose à proximité du cadavre. Mariani ne sent rien, lui, sans savoir si c'est parce que le vent vient de la terre ou parce qu'il est trop éloigné. Les policiers en tenue sur place l'ont invité à rester en retrait, sur les hauteurs de la plage des Fosses, malgré ses protestations et ses arguments d'autorité. Il s'en trouve réduit à essayer de déchiffrer ce que la procureure et l'inspecteur se disent, mais c'est mission impossible. Mariani sait bien que les grades de la police ont évolué, et qu'il n'y a plus d'inspecteur depuis longtemps, mais comment déterminer à deux cents mètres de distance si cet imposant bonhomme brun est lieutenant, capitaine, commandant ou commissaire ? Armelle remonte enfin, se dirige vers lui, respirant à profondes goulées, laissant le grand escogriffe continuer à tourner autour du noyé. La procureure a enfilé un jean à la va-vite, n'est pas maquillée, ses yeux sont cachés derrière des lunettes de soleil et elle a relevé ses cheveux en un chignon improvisé. Elle pensait en avoir pour trente minutes à peine : constatations, on trouve des papiers dans les poches du noyé, identification, confirmation de la thèse de l'accident, affectation de l'enquête au lieutenant dépêché sur place, et hop, retour à la maison, café sur la terrasse et une douche avant de reprendre le cours d'une journée normale. Mariani est soigné, lui, il est en costume et cravate, comme pour aller couper le ruban d'un EHPAD. Il ne se promène jamais dans SA ville sans sacrifier à cette marque de respect pour ses administrés, quelle que soit la température.

— Formidable, le réveil tout en délicatesse, Antoine, je vous revaudrai ça ! C'est une horreur, là-bas.

— Merci encore, Armelle, et je suis désolé d'avoir dû vous infliger cette corvée. Vos équipes enlèvent le corps ? Je voudrais envoyer les miennes dans la foulée pour désinfecter, on ne sait jamais.

— Je suis désolée, Monsieur le Maire, mais je ne vais pas pouvoir vous autoriser à nettoyer la plage aussi vite que vous l'espériez. J'ai demandé à la PTS de venir procéder à des relevés.

Dès qu'elle l'avait appelé « Monsieur le Maire », Mariani avait compris que c'était le début des enquiquinements.

— La PTS ?

— Oui, la Police technique et scientifique, comme dans les séries, les experts en combinaisons blanches…

— Mais pourquoi ? Vous ne pouvez pas me faire ça, Armelle ! Merde, pas aujourd'hui, pas maintenant, mais qu'est-ce qu'il a de spécial ce noyé ?

Il n'allait pas lui donner du « Madame la Procureure », il essayait de faire appel à une forme de solidarité méridionale.

— Antoine, croyez-moi, je suis désolée pour votre plage, mais personne ne va s'y baigner aujourd'hui. Ce noyé, comme vous dites, il sent les ennuis à plein nez. Il est entièrement nu, déjà, ce que vous auriez pu m'indiquer, vous conviendrez que ce n'est pas courant. Il n'a pas un poil sur le crâne, le torse, les bras, les jambes, épilé comme un nageur de compétition. Il n'y a aucune marque de strangulation, aucune plaie, pas de signe de lutte, seulement quelques hématomes et écorchures, probablement récoltés pendant la dérive du corps, ce que l'autopsie confirmera – ou pas. Bon, jusque-là, vous me direz qu'il peut s'agir d'un abruti alcoolisé qui aurait décidé d'un bain de minuit solitaire et hop, affaire classée. Seulement voilà : l'extrémité de ses dix doigts est bizarre, beaucoup plus blanche que la peau des premières phalanges, comme si elle avait été brûlée, il sera quasiment impossible de relever une empreinte digitale. Le capitaine Grondin est de mon avis : ça pue, selon ses propres termes. Alors, désolée, encore une fois, mais je dois sortir le grand jeu.

Le capitaine Grondin ? Mariani n'en avait jamais entendu parler de celui-là. Encore un Parisien débarqué sur la Côte d'Azur, en remerciements d'un haut gradé pour une affectation précédente dans le 9-3, à Vaulx-en-Velin ou dans les quartiers nord de Marseille. Ils demandent tous à venir sur la Riviera, croyant à la sinécure, avant de repartir déprimés par l'absence d'animation, la vieillesse des habitants et la violence des enjeux politiques. Bon, qu'à cela ne tienne, il allait demander à ses agents d'aider au maximum, et il en serait quitte pour organiser dès le lendemain un karaoké en plein air, sur Paloma Beach, à quelques encablures, histoire de faire oublier cette triste histoire aussi vite que possible.

Paris, Madeleine

Esther Goetz est traversée depuis le réveil par un flot de sentiments contradictoires. Elle est excitée, enthousiaste, impatiente, mais aussi inquiète, effrayée, anxieuse. Elle a longuement hésité sur sa tenue, ce matin, tailleur, jupe, pantalon, chemisier, cardigan, robe, elle a changé cinq fois d'avis avant de finir par remettre l'ensemble qu'elle portait pour son dernier entretien chez Richter & Co, une jupe noire taille haute, avec une ceinture colorée et un pull en coton à col rond, noir lui aussi, tout en sobriété. À peine une touche de fond de teint, pas de collier, ni de boucles d'oreilles, mais elle a choisi de laisser ses cheveux bruns bouclés en liberté, histoire de ne pas ressembler à une nonne. Assise dans cette salle de réunion avec une vingtaine d'autres impétrants, tous tirés à quatre épingles, elle observe, et attend. Ils ont été accueillis avec un petit déjeuner digne des buffets des grands hôtels et ils ont pris place, chacun derrière le chevalet où sont écrits leurs noms et prénoms. Le patron France de la banque sera là d'une minute à l'autre. Au mur, un portrait du fondateur, Daniel Richter, avec la devise de la banque (« We make capital work for a better future »), une immense photo de Wall Street où les tours jumelles figurent encore, et une horloge avec les heures de Paris, Londres, New York, Tokyo, Moscou, Delhi, Melbourne, Shanghai et Pékin affichées à la seconde près, pour rappeler à tous que « Time is money ».

Esther n'en revient pas d'être là, dans ce temple de l'excellence. Lorsque le directeur du recrutement de Richter & Co l'a appelée pour lui confirmer que l'ensemble des sept interviewers qu'elle avait rencontrés étaient favorables à son embauche, et qu'il était ravi de la perspective de la voir rejoindre la banque, Esther avait cru à une blague. Il devait s'agir de Quentin ou de Mathieu, un de ses copains de promotion de l'École centrale Paris, toujours prompts à profiter de sa naïveté. Mais non, ce n'était pas un canular. Elle avait réussi, elle, la petite provinciale discrète. À peine 3 % des postulants à Richter & Co finissaient par se voir proposer une offre d'analyste. Elle avait raccroché le téléphone, sans y croire. Comme le jour des résultats des écoles d'ingénieur : elle avait patienté de longues minutes, au son de l'*Adagio* d'Albinoni, jusqu'à ce qu'une femme au bout du fil lui demande d'épeler son nom, et qu'une éternité s'écoule avant le verdict : « Goetz, douzième. » « Douzième, donc admise ? » avait répondu Esther. D'abord le silence, ce qui avait encore accéléré son rythme cardiaque, puis un franc éclat de rire. « Ah ça, chère Madame, si en étant douzième vous n'étiez pas admise, nous pourrions fermer le campus et loger tous les étudiants dans mon camping-car ! Allez, profitez bien, j'ai huit appels en attente, je vous laisse. »

Pour ce contrat de travail chez Richter & Co, même incapacité à y croire, syndrome de l'imposteur oblige. Esther venait d'un village de l'Yonne, ses parents tenaient l'épicerie, le dernier commerce de la commune après la fermeture de la pharmacie et le départ en retraite du boulanger. Rien ne la prédisposait à une telle trajectoire. Sans sa professeure de physique-chimie en classe de seconde, Esther n'aurait jamais envisagé de se lancer dans des études supérieures. Sous le patronage de Madame Voisins, Esther s'était inscrite à la plus petite classe préparatoire de France, au lycée Jacques Amyot d'Auxerre. Ses parents questionnaient sans cesse ce choix, inquiets de voir leur fille travailler sans relâche, comme vissée à son bureau : comment allait-elle trouver un mari si elle ne mettait jamais le pied dehors, ou à l'épicerie ? Esther avait été reçue à l'École centrale Paris en trois-demi, sans avoir présenté Polytechnique, qui lui semblait inaccessible.

Douzième ! Elle aurait intégré l'X haut la main… Auxerre TV lui avait consacré un reportage de 40 minutes, et Esther avait fui le village avec soulagement, fatiguée d'être regardée comme un phénomène de foire. Les quatre années sur le campus de Châtenay-Malabry avaient été difficiles pour la « petite provinciale ». Elle avait beaucoup été raillée au début par les contingents de jeunes gens de bonne famille arrivés directement des lycées parisiens huppés, Sainte-Geneviève, Fénelon, Henri IV ou Louis-le-Grand, tant pour son accoutrement que pour sa faible résistance à l'alcool. Elle était tombée amoureuse des mauvais mecs, ceux qui vous aiment si fort qu'ils vous jettent juste après avoir obtenu ce qu'ils veulent, qui vous collent une note et partagent ensuite leurs exploits avec force rires gras, entre potes, à la cafétéria. Les bruits vont vite, sur ces campus, et Esther en avait gardé une dent contre les garçons de son âge, bien décidée à ne plus se faire piéger. Ses brillants résultats scolaires lui avaient permis d'être la seule étudiante de deuxième année à rejoindre un nouveau programme de « deep learning » au Massachusetts Institute of Technology à Boston, tous frais payés. Elle en était revenue avec une ambition nouvelle : une carrière, du pouvoir, de l'argent, la reconnaissance, la gloire, autant d'envies que ses origines lui avaient rendues inaccessibles et qui, tout à coup, étaient devenues légitimes.

Richter & Co envoyait chaque année ses meilleurs Vice-Présidents effectuer la présentation de la banque et de ses carrières sur les campus des grandes écoles d'ingénieurs ou de commerce. Esther avait été séduite par ces présentations. Elle postulerait chez Richter & Co. Elle tutoierait les grands de ce monde, les capitaines d'industrie, les politiques, les financiers, le show-biz. Elle gagnerait des sommes indécentes, et pourrait dépenser sans compter. Et elle avait été sélectionnée ! Après avoir été la seule élève de sa classe préparatoire à intégrer Centrale, elle serait la seule Centralienne de sa promotion à rejoindre les rangs de Richter & Co.

Ne lui manquait plus que son contrat écrit, donc. La confirmation orale ne lui suffisait pas. Pour y croire vraiment, il lui fallait le papier à en-tête, la signature manuscrite, le cachet, les mots magiques « contrat », « bonus de performance », « progression de carrière », « conditions de rémunération » et « durée indéterminée ». Elle se précipitait chaque matin après le passage du facteur pour ouvrir fébrilement sa boîte aux lettres et n'y trouver que des catalogues de promotions de grandes surfaces alimentaires ou ses relevés de compte bancaire (hors de question de les dématérialiser : pour Esther, l'argent était un sujet de préoccupation trop important pour être traité virtuellement, il lui fallait toucher et voir ce qu'elle possédait). Cinq jours avaient passé depuis ce fameux appel de Richter & Co, et Esther se retenait de rappeler, comme aux premiers jours d'une relation amoureuse. Elle tournait en rond chez elle en se persuadant que le siège de New York avait imposé un gel des recrutements au bureau parisien, ou que le directeur s'était trompé de dossier et se demandait à présent comment lui annoncer que non, c'était une erreur, qu'il était confus mais que l'offre n'était pas pour elle… Et puis un coursier avait sonné chez elle, alors qu'elle était au bord du gouffre.

— Mademoiselle Goèthsse ?

Esther avait l'habitude qu'on écorche son nom de famille.

— Goetz, oui, c'est moi. Qu'est-ce que c'est, je n'attends pas de livraison aujourd'hui ?

— J'en sais rien, mais si vous êtes bien Esther Goetz, c'est pour vous. Allez, signez là, avec votre doigt. Merci. Tenez, et bonne journée !

Esther aurait voulu lui laisser un pourboire, mais il avait disparu, aussi vite qu'il était venu. Qu'y avait-il dans ce carton ? Une orchidée blanche, emballée avec soin, et une enveloppe kraft A4. À l'intérieur, le contrat tant espéré, avec une carte manuscrite du directeur du recrutement. Incroyable ! Ils avaient discuté de son amour des fleurs lors du dernier entretien, et il lui faisait livrer une orchidée Miltonia. Esther songeait en souriant qu'elle aurait dû s'inventer une passion pour les rivières de diamants…

Quatre mois de vacances plus tard, elle est là, assise, et elle attend l'entrée d'Étienne Sorbier, impatiente comme une adolescente coréenne avant un concert de K-pop.

Nice

— Entrez, Capitaine, je vous en prie, j'ai terminé.

La légiste du CHU de Nice ôte son masque, jette ses gants dans une poubelle d'aluminium sans couvercle et fixe du regard le capitaine Grondin qui hésite, figé, sur le pas de la porte. À chaque fois, il ressent la même appréhension, une forme de gêne mêlée de pudeur. Depuis plus de dix années de police judiciaire, brigade criminelle, il ne s'est quasiment pas écoulé une semaine sans qu'il soit confronté à un cadavre, juste tiède ou raide comme une saillie, décédé des suites d'une bagarre à coups de barres de fer, défenestré, blessé par balle avec de la matière cervicale au sol, entier ou démembré, ouvert de haut en bas à l'arme blanche ou décapité à la hache. Il a tout vu de la sauvagerie de ses congénères. Pourtant, l'épreuve de la discussion avec le médecin légiste, alors qu'il est encore en train d'ouvrir le thorax ou la boîte crânienne à la scie circulaire, de peser le cœur ou le foie, ou de recoudre à la hâte avec cette cicatrice en forme de « Y » caractéristique, le met toujours mal à l'aise. Sur la table, là, devant lui, gît un individu. Un père, un mari, un bon, une brute, un truand, un travailleur, un paresseux, un rêveur, peu importe. Les pompiers ou le SAMU transportent à la morgue un cadavre, une affaire, une scène de crime, et le légiste lui redonne une humanité. La discussion après l'autopsie est le premier chapitre de l'histoire que Grondin va devoir raconter aux proches. Une histoire dont la fin est toujours tragique. Avant d'être un corps sans vie, il y avait un cœur qui battait, du sang qui circulait, une énergie, un destin, des sentiments et une famille, des parents, un conjoint, des enfants, qui s'effondrent dans un premier temps avant de poser les questions, « pourquoi ? », « comment ? ». Autant le capitaine Grondin aime résoudre les énigmes, répondre à ces questions, confondre et punir les barbares qui ôtent la vie, autant il appréhende les discussions avec ces proches, au point de se décomposer et d'apparaître parfois pour ce qu'il n'est pas : un flic maladroit et hésitant.

— Vous venez, oui ou merde ?

Grondin sursaute, estomaqué par le décalage entre la grossièreté du propos et l'apparence soignée de la légiste. Une grande inspiration, et il se décide à pénétrer dans la salle d'examen. Il aurait dû prendre une écharpe, il fait quoi, 13 °C dans cette pièce ? Ses pas résonnent sur le carrelage, il remonte le col de sa veste et sourit bien malgré lui : le badge accroché à la blouse de la légiste stipule « Camille Destombes ». Il imagine la vie d'un flic qui s'appellerait « Menottes », ou d'un magistrat nommé « Prison ». Au moins la glace est brisée et Grondin est hilare lorsqu'il arrive à la table où gît son « XH », cadavre non identifié de sexe masculin, l'équivalent du « John Doe » de la police américaine.

— Excusez-moi, Docteur, j'avais la tête ailleurs.

— D'abord vous êtes dans la lune, et maintenant vous vous marrez comme un bossu, vous êtes sûr que vous êtes de la Crim', Capitaine ? Je ne vous ai jamais vu ici, d'ailleurs, je me trompe ? Un grand comme vous, je ne l'aurais pas oublié !

— Vous avez raison. Je viens d'être transféré, après dix ans à Bobigny. J'ai succédé au capitaine Bachetta à la tête du groupe deux, à la caserne Auvare. Le gars que vous venez de refermer, c'est mon premier client sur la Côte d'Azur, Docteur. Ça dit quoi ?

— Alors. Individu de sexe masculin, ça, vous le saviez déjà. Blanc, vous le saviez aussi. 1 mètre 80 tout rond, corpulence moyenne, je dirais qu'il pesait entre 75 et 80 kilos. Âge entre 45 et 50 ans. Cause du décès, noyade, sans aucun doute. Les poumons étaient remplis d'eau de mer, il n'a pas été noyé dans une baignoire puis balancé à la baille. Cyanose typique, et hématomes aux coudes et aux genoux, consécutifs à la descente immédiate au fond après la noyade. Vu l'état de décomposition, j'estime qu'il a passé près de trois semaines en mer…

— Une question idiote, Docteur, c'est mon premier noyé. À Bobigny, les règlements de comptes, c'étaient plutôt à la Kalachnikov ou à la perceuse. Ça coule, un noyé ? Je croyais qu'il fallait les lester ?

— Il faut lester les cadavres tués en dehors de l'eau, Capitaine. Un noyé se remplit les poumons d'eau, à essayer désespérément de respirer, un réflexe qu'il est impossible de contrôler. Six à sept litres de flotte et paf, le noyé coule à pic. Une fois sur le sol, au fond, il y reste jusqu'à ce que la décomposition des entrailles produise tellement de gaz qu'il remonte, comme un ballon de baudruche. Si l'eau est très froide, le processus de décomposition est ralenti, et votre noyé peut rester au fond plus d'un an. Ici, l'hiver, ils restent au fond 5 à 6 semaines et plus la mer se réchauffe plus on arrive vers les trois semaines que je vous indiquais. Je continue ?

— Bien sûr, excusez-moi, je ne vous interromps plus.

— L'examen du corps ne présente aucune marque de contrainte préalable. Pas d'os brisés, pas de stigmate de ligature ni d'étranglement, aucun coup à la tête. J'ai pris les meilleurs clichés de son visage, mais gonflé comme il est, même après passage chez l'embaumeur, sa propre mère ne le reconnaîtrait pas. Et c'est là où je veux en venir. Je ne sais pas comment vous allez identifier ce brave homme. Comme vous l'aviez noté dans votre rapport après les constats sur la plage, l'individu est épilé intégralement, le crâne rasé. Toutes ces épilations ont été effectuées avec un système d'arrachage profond, type cire chaude. Extrêmement douloureux. C'est la première fois que je vois quelqu'un se raser la tête avec ce mode opératoire. Même constat sur le visage, très difficile de retrouver un bulbe de poil, tout semble avoir été arraché, quelques instants avant le décès, puisque rien n'a repoussé. Alors vous dire si votre gars était brun foncé, brun ou châtain, je ne m'y risquerais pas. À la pigmentation de la peau, il n'était ni roux, ni « vrai » blond, c'est tout ce que je peux affirmer avec certitude. Mais attendez plutôt la suite. Vous l'aviez vu également, les extrémités des dix doigts ont été brûlées, ce qui donne cet aspect lisse et blanc après le séjour dans l'eau. Les brûlures sont récentes, elles aussi, et j'estime qu'elles ont dû être effectuées par application des doigts sur une braise ou sur une plaque électrique chauffée au maximum. Capitaine, compte tenu de l'absence de marques au poignet, mon hypothèse centrale est que votre client s'est infligé ça lui-même, sans contrainte. J'ai cherché soigneusement dans les espaces interdigitaux une marque de piqûre, qui pourrait indiquer une anesthésie locale à la Xylocaïne mais rien, nada. Il s'est fait ça tout seul, dix fois de suite. J'espère qu'il avait un seau à glace et de la Biafine à proximité, parce que je vous assure que la douleur est dingue, et peut vous faire tourner de l'œil. La concentration de terminaisons nerveuses au bout des doigts est l'une des plus importantes de notre corps, juste après celles de la langue et des lèvres. Si mon hypothèse est juste, il s'est donné beaucoup de mal, au propre comme au figuré, pour nous empêcher de relever ses empreintes digitales. Il a réussi, je n'ai rien trouvé d'exploitable. Côté dents, pas un plombage, pas un bridge, pas une couronne, deux dents de sagesse en bas, aucune en haut, rien qui nous soit bien utile. Côté cicatrices, marques de naissance, piercings, tatouages, rien non plus, il n'est pas circoncis, et la seule opération que j'ai pu retracer est une appendicectomie à l'ancienne, au-dessus de l'aine, à droite, cicatrice de 4 cm, standard. Je n'ai pas les chiffres précis en tête mais de mémoire, en termes d'ordre de grandeur, entre un tiers et la moitié d'une classe d'âge a été opérée de cette façon dans les années 70 et 80. Les organes internes étaient tous en état de décomposition avancée, difficile d'en tirer quoi que ce soit. Je n'ai pas vu de début de cirrhose du foie, ou d'ulcère de l'estomac. Côté éléments concrets, en revanche, deux choses. Un, je peux vous dire que votre gars a longtemps été marié : on n'a pas retrouvé d'alliance à l'annulaire gauche, mais la marque est nette et précise. Et deux, les prélèvements ADN sont impeccables, je les ai fait partir au labo avant de l'ouvrir. On ne sait jamais, un coup de bol, une coïncidence, si votre John Doe a déjà fait un tour derrière les barreaux, s'il a été mis en cause dans une affaire criminelle, s'il figure sur le fichier des délinquants sexuels, s'il est sur la liste des patients en attente de greffe, vous le retrouverez peut-être. Dans le cas contraire, Capitaine, je suis confuse, mais, à ce stade, je n'ai rien qui puisse nous aider à faire les présentations !

— Hum. Super. On en est à quoi, 5 % de la population qui figure sur le FNAEG [1] ? On va aller loin avec ça. Et encore, en faisant l'hypothèse qu'il est français, notre gars, là…

— Qui sait, c'est peut-être un tueur en série rongé par le remords, son ADN va matcher avec celui recueilli sur les scènes de crimes non élucidés, et vous allez devenir la coqueluche des télévisions !

— Vous avez raison, c'est peut-être Xavier Dupont de Ligonnès qui a fini sa cavale ! Bon, assez déconné. Une dernière question, Docteur, est-ce qu'il y a un moyen de savoir où il s'est noyé ?

---

1. Fichier national automatisé des empreintes génétiques.

— C'est très difficile. Sur toute la Côte d'Azur, on compte à peine une vingtaine de noyés en mer chaque année, et là-dessus, la moitié se noie à quelques dizaines de mètres du bord. Si votre gars était mort à Brest, ce serait plus facile. Ils ont des cartes incroyables, parce qu'ils savent quel marin est passé par-dessus bord à quelle date, à quel endroit, et que la mer les renvoie toujours sur la côte. Avec les années, ils sont parvenus à reconstituer tous ces mouvements et ils arrivent maintenant à prévoir où et quand un disparu en mer refera son apparition, avec moins de 20 % d'erreur. Ici, quand un marin tombe d'un bateau, on dispose de beaucoup plus de temps pour le retrouver vivant, alors notre historique de dérive de macchabées est moins précis. Si je réfléchis tout haut, vu l'état de son visage, je me dis qu'il a passé au moins trois semaines en mer. Comme les températures sont clémentes depuis mai, on pourrait se dire qu'en toute logique, il n'aurait dû passer que deux semaines au fond, la mer est plus chaude que d'habitude. Ce qui nous laisserait une semaine de dérive pour arriver jusqu'à la côte. Pas de mistral ces derniers jours, Capitaine, si je me souviens bien, ça a été plutôt calme, côté vent, non ? Allez, admettons, un demi-mile nautique par jour de dérive. Un peu moins. Six à sept jours, je dirais qu'il a coulé entre deux et quatre miles de la plage. Mais prenez ça avec des pincettes, j'en reparle avec les collègues et je vous recontacterai avec une fourchette plus précise. Ou pas.

— Merci Docteur, je vais voir ce que j'arrive à faire à partir de ça. Vous nous envoyez les clichés face/profil au bureau, on va quand même regarder si ça évoque quelque chose avec le fichier des personnes disparues. S'il y a quoi que ce soit qui vous revienne, une anomalie, une aspérité sur ce profil aussi lisse, appelez-moi, mon portable est mentionné sur le dossier.

En réalité, Grondin apprécierait que Camille Destombes le rappelle, qu'elle ait du nouveau ou pas. Depuis qu'il a arrêté de fumer, il est de plus en plus travaillé par sa libido. Une contre-indication de plus, décidément : stopper le tabac est *nocif.* Retour au boulot. Pour une première affaire dans sa nouvelle affectation, il a tiré le gros lot. Pas question de commencer par classer un dossier, il risque d'être mis au ban de la brigade criminelle et de se retrouver affecté aux cambriolages de personnes âgées. Les statistiques... Homicide ou suicide ? Identité de la victime ? Voilà les deux questions prioritaires auxquelles il va devoir répondre sans tarder s'il veut sécuriser cette nouvelle place au soleil.

Paris, Madeleine

— Bonjour à toutes, bonjour à tous, je m'appelle Étienne Sorbier, je suis entré chez Richter & Co il y a dix-sept ans, j'en suis un des Managing Directors depuis dix ans et j'ai été nommé patron de l'ensemble des activités de la banque en France en 2014. Je suis ravi de vous accueillir, et je vous prie d'excuser mon léger retard, une urgence client à gérer. Vous le verrez, chez Richter & Co, c'est toujours le client d'abord. Mais revenons à vous toutes et vous tous : je veux commencer par vous féliciter. Si vous êtes ici, autour de cette table, c'est que vous avez franchi avec succès l'un des processus de recrutement les plus exigeants au monde, et j'espère que vous en êtes à la fois fiers et heureux. C'est toujours un moment très spécial pour moi, de m'adresser à nos nouvelles recrues. Je ne vais pas vous parler comme un patron parle à des salariés. Je veux que vous vous sentiez ici chez vous. Pas seulement parce vous allez beaucoup travailler, ça, comptez sur nous, mais surtout parce que, parmi vous, certains deviendront Managing Directors à leur tour, et participeront au développement de Richter & Co. La méritocratie est la pierre angulaire de notre croissance. Notre modèle consiste à recruter les meilleurs talents de la place, à les développer et les accompagner à chaque étape de leur carrière, pour en faire des MDs qui, à leur tour, contribueront au rayonnement de la firme. Notre objectif est d'amener chacun de vous à la pleine expression de son potentiel. Les grandes entreprises sont tellement confrontées à de nouveaux enjeux, à des cycles de financement qui s'accélèrent, à une exposition aux risques de marché, de politique, de change, à l'exploitation des données qui se multiplient, que notre seule limite à la croissance, c'est notre capacité à mettre en face de chaque client des experts de leur secteur d'activité, bien sûr, mais également des stars du digital, des professionnels de l'Intelligence Artificielle pour élargir leurs perspectives et ouvrir de nouvelles opportunités. Notre seul objectif c'est de faire du plus grand nombre d'entre vous des Vice-Présidents puis des Managing Directors, qui proposeront toujours plus de solutions à des problèmes de plus en plus complexes chez toujours plus de clients. Alors, oui, vous êtes à la bonne place. C'est ici que ça se passe, ici que l'avenir de la finance s'écrit, et vous avez la suite entre vos mains.

Sorbier poursuit avec les dix commandements du business développement, en insistant sur celui qui le régale le plus :

— Habituellement, c'est le patron qui décide, pas l'assistant-trésorier. Connaissez-vous le patron ?

Le discours est rodé. Le verbe clair. L'œil pétille. Et la tenue est impeccable. Étienne a découvert émerveillé que sa fidèle assistante garde un costume propre et une chemise repassée dans son placard, pour pallier un incident du type de celui de ce matin, dans le taxi. L'arcade est encore un peu gonflée, mais rien de grave. Le charisme d'Étienne et la sincérité apparente de son propos fascinent les analystes installés en face de lui. Vous êtes les meilleurs, et les meilleurs des meilleurs deviendront Managing Directors, voilà de quoi motiver cette espèce en voie de disparition, ces jeunes gens qui n'auront de cesse que de se fixer les objectifs les plus ambitieux et de n'être jamais satisfaits d'avoir franchi un échelon, alors qu'il y a un autre défi à relever, une autre promotion à aller chercher, un autre prix d'excellence à glaner. Ils seront servis, chez Richter & Co. Ils auront un carnet de notes, une évaluation après chaque projet, un classement, des promotions tous les deux à trois ans (Analyste, Associate, Vice-Président, Director et enfin Managing Director, pour moins d'un sur dix d'entre eux), une progression de salaire indécente et le privilège d'assister à des discussions entre grands de ce monde, politiques ou membres des comités exécutifs des Groupes Internationaux.

Et tant pis pour les autres. Ceux, nombreux, à qui Richter & Co demandera de chercher une autre carrière, ailleurs, parce qu'ils ne sont pas suffisamment rapides, parce que leur mode de pensée est déductif et poussif au lieu d'être inductif et intuitif, parce qu'ils hésitent avant d'affirmer leurs convictions, parce que leurs présentations n'ont pas suffisamment d'impact, parce qu'ils ne se donnent pas corps et âme à la création de valeur ou parce qu'ils ont contredit un VP (Vice-Président) ou un MD (Managing Director) devant un client.

Esther est bien loin de ces préoccupations. Elle boit les paroles d'Étienne Sorbier. Elle est fascinée par la confiance en soi que cet homme projette, son assurance, ce mélange d'authenticité et d'expérience que renvoient et son regard et sa voix. Lorsqu'il raconte l'implication de Richter & Co dans des causes sociétales et environnementales, l'investissement de la banque aux côtés de grandes organisations non gouvernementales, sous forme de « pro bono », des missions gratuites, sur des sujets comme le financement de campagnes de vaccination ou de prévention du sida en Afrique, l'accès à l'eau potable pour les populations dans les grands centres urbains en Inde, la mise en place de programmes d'éducation personnalisés à l'attention des jeunes des quartiers en difficulté, elle se sent fière, déjà, d'appartenir à ce que Sorbier décrit comme « la famille Richter & Co ».

Sorbier conclut son intervention :

— Bien sûr, vous allez travailler beaucoup. Nos clients sont exigeants, et s'ils font appel à nous, c'est parce que les problèmes qu'ils ont à résoudre sont compliqués. Chaque fois que vous reviendrez avec une réponse simple, simpliste, de premier niveau, nos Vice-Présidents vous pousseront dans vos retranchements. Avons-nous suffisamment exploré toutes les options ? Et si on prenait le problème autrement ? Nous sommes-nous penchés sur les meilleures pratiques dans l'industrie ? Les calculs ont-ils tous été « double-checkés » ?

Sourires dans l'assistance. L'insertion de barbarismes mêlant du français et de l'anglais fait partie de la culture maison.

— Pour autant, la bonne réponse ne sera jamais de travailler toujours plus. Vous verrez, on atteint vite les rendements décroissants. Si vous êtes fatigués, la moindre « slide » à rédiger vous prendra des heures, vous vous poserez des questions inutiles, le manque de lucidité vous entraînera dans un cercle vicieux, et vous ne serez plus capables d'articuler un raisonnement. Vos modèles ne tourneront plus rond, les chiffres ne boucleront plus. Non, l'enjeu, pour vous, c'est de travailler mieux. Prendre du recul. Et avoir une vie personnelle remplie, pour recharger vos batteries. Famille, sport, guitare hawaïenne, théâtre, ce que vous voulez. Travaillez intelligemment, soignez votre « work-life balance » et vous verrez, réussir ici sera une promenade dans le parc. Se sacrifier à la tâche, c'est un mythe et une mauvaise idée. J'ai une fille, Claire. Elle a vingt-deux ans, et je vais vous faire une confidence : je connais sa date d'anniversaire, je n'ai pas raté une réunion parents-profs pendant toute sa scolarité, ni un spectacle de fin d'année, je n'ai jamais annulé une semaine de vacances en famille et je n'ai pas le sentiment d'avoir sacrifié quoi que ce soit. Le client d'abord, toujours. Mais votre équilibre personnel vient juste après. Profitez de ces premiers mois, vous allez apprendre, vous développer, vous amuser. Bienvenue chez Richter & Co !

Derrière cette conclusion lyrique se dissimule une réalité bien plus contrastée. Si l'un de ces jeunes gens interrogeait Claire, la fille d'Étienne, sur la réalité de sa présence dans son enfance, elle répondrait avec défi « Qui ça ? ». Lorsqu'elle était petite fille, le premier mot que Claire a prononcé, après « maman », ce fut « Chuuuut », avec l'index dressé devant ses lèvres, tant Étienne lui avait adressé ce signal impératif alors qu'il était encore au téléphone avec un client en franchissant la porte d'entrée. Pour l'adolescente, Étienne est un père absent, toujours à un dîner, dans un avion entre New York, Singapour, Pékin ou Londres, et les cadeaux qu'il rapporte systématiquement ne compensent pas le vide. Il n'a qu'une conversation, comment vont tes résultats scolaires, ma fille, et elle ne fait jamais assez bien en regard de ses exigences. Un 16/20 ? Pourquoi pas 18 ? Deuxième de sa classe ? Pourquoi pas première ? Claire cherche l'affection de son père, qui ne lui donne pas grand-chose en retour, hormis de belles vacances à l'autre bout du monde, qui lui permettent de frimer auprès des copains et des copines, au collège. Jusqu'à ce qu'elle trouve ce qui attisera l'attention de ce père qui ne vénère plus que le pouvoir et l'argent : elle sera comédienne. Pas de prépa HEC, pas d'Oxford, de MIT, de Stanford, tout ce que l'argent pourrait faciliter. Elle s'inscrit à une préparation pour entrer au cours Florent, et exige d'avoir son propre appartement, pour se développer sereinement. Le père et la fille sont bien loin du tableau fusionnel que vient de brosser Sorbier aux nouveaux arrivés. Travailler chez Richter & Co a un coût, qu'on y réussisse une brillante carrière ou pas.

La tendance est là : dans un univers connecté vingt-quatre heures sur vingt-quatre, partout dans le monde, la frontière entre vie privée et vie professionnelle a volé en éclats. Répondre aux mails à n'importe quelle heure du jour et de la nuit, sept jours sur sept, est devenu un standard. Les clients demandent toujours plus à leurs banquiers aux honoraires pharaoniques, et les réunions du vendredi soir se terminent presque systématiquement par un : « On en reparle lundi. » Et si on en reparle lundi, hors de question d'utiliser le même document de support : nouvelles analyses, nouveaux graphiques, nouveaux tableaux de chiffres, messages-clés actualisés, le week-end sera consacré à la mise à jour de la présentation. Étienne le sait, les équipes n'ont plus de périodes de respiration. Les demandes volent aussi le soir, pour des échéances le lendemain matin. Pour la majorité des équipes, l'adrénaline, la rémunération, le prestige, l'émulation, la quête du tableau d'honneur et les cafés permettent de tenir le rythme, avec un réel enthousiasme, tant elles ont été formatées par les classes préparatoires. Mais pour certains, la barre est trop haute, ils craquent, ils éclatent en sanglots dans une réunion interne à la première remarque sur le contenu qu'ils ont produit, ils n'arrivent plus à se lever le matin ou à ouvrir leur ordinateur. La chute est brutale et le terme répandu et commenté partout dans le monde professionnel, le « burn-out », frappe à son tour à la porte de Richter & Co. En cinq ans, les cas se sont multipliés, et Étienne a dû mettre en place des procédures d'alerte et traiter avec soin les cas individuels : accompagnement personnalisé, coaching, tout est fait pour remettre en selle les grands brûlés.

Sorbier est fier de ces résultats dans ce domaine. La priorité de Richter & Co est de les aider à faire le deuil de leur carrière au sein de la banque et à trouver un autre job, ailleurs. Ils sont guidés vers la sortie et bien traités financièrement. Les sortants sont reconnaissants à Richter & Co, tant mieux ! Mais l'attention de Sorbier demeure soutenue sur le sujet, c'est pourquoi il répète sans cesse ses consignes. Le pire cauchemar pour Étienne serait un suicide sur le lieu de travail. Au-delà de la tragédie, la réputation de la firme serait durablement entachée, et les répercussions sur les affaires conséquentes.

Nice

Le palais de justice de Nice ne ressemble en rien à celui de Bobigny, composé d'une structure métallique bleu roi et de cubes de béton posés les uns à côté des autres, qui fleurent bon les années 70. Alors qu'à Nice, le mot palais prend tout son sens. Inauguré à la fin du XIXe siècle, le bâtiment a subi de multiples transformations et réaménagements successifs, mais il a résisté à toutes les tentatives de délocalisation, à la construction d'une « Cité judiciaire » sur le Paillon, tant il incarne le cœur du vieux Nice. Avec son architecture style Renaissance italienne, un fronton où la justice est représentée sans glaive ni balance, mais tenant les Tables de la Loi, ses six colonnes massives soutenues par trois arches matérialisant les trois entrées, Liberté, Égalité, Fraternité, il invite le visiteur au sommet des marches à choisir à quel titre il souhaite y pénétrer. Grondin franchit le seuil sous l'arche de l'Égalité, juste sous le drapeau français, avant de demander à l'accueil où se situe le bureau de la procureure Armelle Husson. Après s'être perdu dans le dédale de couloirs du deuxième étage, il finit par trouver une porte matelassée, close, à laquelle il ose à peine frapper, impressionné par le silence qui règne à l'étage, bien loin du bruyant fourmillement du TGI de Bobigny. La porte finit pourtant par s'ouvrir, pour laisser sortir un avocat accompagné d'un client manifestement soulagé. Grondin profite de l'occasion pour passer une tête à l'intérieur.

— Installez-vous, Capitaine, une minute et je suis à vous.

Elle sort et le laisse seul. Il pénètre dans le bureau, très lumineux, avec une double fenêtre ouverte donnant sur la rue. Grondin se demande si c'est de ce bureau qu'Albert Spaggiari a sauté pour rejoindre son complice à moto et disparaître pour l'éternité, sans arme, ni haine, ni violence… Husson revient et s'assied, sans inviter le capitaine à faire de même ni perdre de temps en formules de politesse.

— Alors, où en sommes-nous ?

Grondin partage rapidement les premières conclusions de l'autopsie. Il a attendu le retour des analyses ADN pour prendre ce rendez-vous avec la procureure, mais le profil n'a correspondu à aucun des registres des différentes bases de données et aucun marqueur commun n'est apparu non plus, preuve que l'inconnu de la plage n'a pas été mis en cause par la justice ou séjourné en prison récemment, ni aucun des membres de sa famille. Seule révélation du test, ses ancêtres sont d'origine celte, ce qui lui fait une belle jambe !

— En fait, vous n'avez rien, Capitaine, c'est ça ?

— Pas grand-chose, en tout cas. Un homme, la cinquantaine, 1m80, corpulence normale, châtain ou brun, ça pourrait être n'importe qui. J'ai passé quelques coups de fil aux collègues dans le département, et je leur ai envoyé le meilleur cliché de son visage, chou blanc. Pas d'individu recherché par les familles correspondant à cette maigre description. Sans empreinte digitale, le FPR [1] ne nous est pas d'une grande aide. Vous saviez qu'on en est à 620 000 fiches aujourd'hui ? De toute façon, pour peu que notre noyé soit à jour de sa pension alimentaire, ne soit pas recherché par le Fisc, aucune chance qu'il y figure.

— Depuis le temps qu'on le répète, qu'il nous faut un fichier central des personnes disparues. Il nous emmerde, ce Conseil d'État, avec son droit constitutionnel pour une personne majeure de disparaître ! C'est toujours pareil. Des fuyards et des adolescents qu'on retrouve dans les trois jours, il ne nous sert jamais à rien, ce fichu FPR.

1. Fichier des personnes recherchées.

— Je vais quand même faire circuler la photo auprès de toutes les antennes de police judiciaire en France, on ne sait jamais, un miracle…

— Vous en pensez quoi, vous, Capitaine ? Qu'est-ce que je dis à Mariani ? Il m'appelle trois fois par jour pour savoir comment progresse l'enquête. Il va finir par appeler le préfet, cet emmerdeur.

— Mon premier instinct c'est qu'on l'a balancé vivant par-dessus bord depuis un bateau au large des côtes. On ne tombe pas, à poil, rasé et épilé de frais, sans une goutte d'alcool ou trace de stupéfiant dans le corps. Si c'était un accident, il aurait été signalé, et si, coup de malchance, il était tombé d'un dériveur sur lequel il était seul et par miracle en nu intégral, on aurait retrouvé le bateau, depuis le temps. En tout cas, les gars qui s'en sont débarrassés n'avaient pas envie qu'on l'identifie. C'est là que ça me chiffonne. Règlement de comptes, on aurait son ADN quelque part. Et puis il y aurait des traces de coups, des blessures, quelque chose. Un mec blanc comme neige, pour lequel on prend tant de soin, ça ne colle pas.

— Et le suicide ?

— Quoi, le suicide ?

— Je réfléchis tout haut, Capitaine. Votre type s'est rasé tout seul. Il s'est épilé soigneusement. Il a brûlé l'extrémité de ses doigts, sans anesthésie nous dit l'autopsie, ni la moindre indication de contrainte. Et si ce noyé avait voulu disparaître, quitter la communauté des hommes sans qu'on puisse jamais remonter jusqu'à lui ? Qu'est-ce que vous en dites ?

— Hum. Et il se serait jeté d'un bateau de croisière, à poil, sans que personne le voie ? Remarquez, ça permettrait de classer l'affaire en douceur, de calmer le maire et le préfet…

— Capitaine ! Je ne sais pas comment les procureurs agissent à Bobigny mais ici, ce que je cherche, c'est la vérité. Vous feriez mieux de bosser et de trouver quelque chose au lieu de me parler sur ce ton. J'essaye de vous aider à élargir le périmètre de vos recherches, pas de cacher la poussière sous le tapis, figurez-vous ! Si vous vous croyez plus malin que tout le monde, je m'arrangerai pour vous y renvoyer, en Seine-Saint-Denis. Je rêve !

— Excusez-moi, madame la Procureure, je me suis mal exprimé. Je vais creuser de ce côté-là, de toute façon, pour l'homicide, sans identité de la victime, je ne vois pas bien ce que je peux faire de plus.

— Allez, dégagez. Et revenez me voir avec du concret.

Grondin quitte le bureau en se maudissant. Mais quand va-t-il apprendre à fermer sa grande gueule ? Quel besoin espère-t-il satisfaire en se montrant sarcastique ? Première interaction avec le parquet de sa nouvelle affectation, première bisbille. Mais quel idiot ! Incorrigible. Oui, madame la Procureure, est-ce si compliqué ? Pourquoi aller encore risquer de se mettre dans une situation délicate ? Il n'a pas choisi Nice pour le climat. Il a dû quitter Bobigny avec précipitation pour calmer la fureur d'un jeune substitut avec qui il avait failli en venir aux mains après l'avoir copieusement insulté. Il faut dire que ce magistrat du ministère public avait refusé de prolonger la garde à vue d'un mari violent, beaufrère d'un politicien influent, qui avait profité de sa remise en liberté pour finir de tuer sa femme à coups de poings. Pour éviter une procédure qui entacherait à vie le dossier du capitaine, le divisionnaire avait calmé les esprits en assurant au procureur général de Seine-Saint-Denis que son subordonné quitterait le 93 dans les plus brefs délais. Grondin se demande si Armelle a appelé le parquet de Seine-Saint-Denis, ce qui pourrait expliquer qu'elle se soit montrée si cassante, solidarité de robe oblige. Il quitte le palais de justice en empruntant l'accès « Fraternité », cette fois. Les portes sont suffisamment hautes pour qu'il n'ait pas besoin d'incliner la tête au moment de passer dessous. Il rumine en descendant les marches. Pas question d'aller boire une bière avec les membres de son nouveau groupe en cassant du sucre sur la hiérarchie, il ne sait pas encore à qui se fier. Grondin remonte dans sa voiture, descend le pare-soleil avec la mention « Police » et enclenche le deux-tons, histoire d'inciter les retraités à lui céder le passage sous le tunnel André Liautaud. Arrivé à la caserne Auvare, après avoir salué machinalement les collègues, sans être encore capable de mettre des noms sur les visages, il s'enferme dans son bureau, dépose son arme dans le premier tiroir de son caisson et sort son téléphone. Il consulte son application « Stop tabac ». Quarante-deux jours sans fumer. Il donnerait n'importe quoi pour une clope, là, tant il est stressé, anxieux, et énervé. Mais l'écran lui dit qu'il va mieux, qu'il a déjà récupéré 1 % de sa capacité pulmonaire, que sa circulation s'améliore et que son risque d'infarctus a baissé de 5 %. Depuis qu'il a arrêté, quatre cent mille personnes sont mortes dans le monde à cause du tabac, et il a économisé plus de 250 euros. Quant à ses envies, elles devraient, toujours selon l'application, n'être plus que « modérées ». Modérées !

Un suicide ? Pourquoi pas, après tout ? Elle a peut-être raison, la procureure. Grondin mordille une touillette en plastique. Il se prive de café aussi, tant l'association est immédiate : un café, une clope. Il lui reste ces touillettes blanches, qu'il va chercher dans la cuisine de l'étage, histoire de socialiser un peu. Admettons. Un homme cherche à disparaître. Il efface tout ce qui permettrait de l'identifier, et saute d'un bateau, à poil. Quel bateau ? Pour demeurer discret, il aura sauté la nuit. Il y a des bateaux de croisière qui circulent la nuit, dans le coin ? À vérifier. Pourquoi ne s'est-il pas lesté ? Un sac à dos rempli de pierres, et le tour était joué, pourtant ? S'il voulait rester au fond, pas le choix. À bien y réfléchir, pas facile aujourd'hui d'emporter un sac à dos rempli de pierres. Tous les sacs sont fouillés, Vigipirate oblige. Aurait-il pris le risque de devoir s'expliquer ? Il estimait sans doute que, si loin de la côte, son corps ne serait jamais retrouvé. Grondin réfléchit, mais il n'y croit pas, à cette thèse du suicide. Il faudrait être sacrément tordu pour s'infliger tout ça. S'il voulait mettre fin à ses jours, lui, et que personne ne le retrouve, il sait bien comment s'y prendre : un puits abandonné, le grand saut et personne n'ira jamais vous dénicher. Remarque, pour ça, il faut avoir grandi à la campagne, peut-être. Disons alors que ce type est citadin. Quel progrès ! Il n'en sort pas. Plutôt que de continuer à se torturer, il griffonne de potentielles investigations à lancer, des instructions à donner. Puisqu'elle veut des résultats, la procureure, autant qu'il s'agite et qu'il fasse travailler son groupe, histoire qu'elle ne puisse pas lui reprocher de ne pas avoir tenu compte de son avis.

— Vérifier les croisières dont les bateaux passent entre deux et quatre miles nautiques au large de la plage des Fosses. Ont-ils une liste de passagers ? Conservent-ils les billets ? Interroger le personnel navigant pour voir s'ils ont remarqué quelqu'un avec un comportement suspect. On cherche un homme seul, c'est sûr. Montrer le cliché ?

— Faire circuler le cliché auprès de toutes les antennes de PJ de France et de Navarre, et recueillir les signalements de personnes disparues depuis deux mois ;

— Examiner les images de vidéosurveillance disponibles près des embarcadères ;

— Demander aux gars de faire la tournée de leurs indics, on ne sait jamais, quelqu'un aura peut-être entendu quelque chose, une affaire interlope, un règlement de comptes.

Grondin ne veut pas mettre tous ses œufs dans le même panier : thèse du suicide pour Armelle Husson, très bien, mais lui continue de privilégier l'homicide.

Voilà, c'est tout pour le moment. Grondin examine une dernière fois son carnet en maudissant ce foutu noyé. Pourquoi faut-il qu'il commence par cette affaire ? Il appelle le lieutenant Guyon sur son portable, et lui demande de venir le retrouver au bureau avec les deux autres membres du groupe, la lieutenante Engel et ce jeune stagiaire, dont il a déjà oublié le nom, histoire de distribuer les tâches.

Paris, Madeleine

Il est 23 heures. Esther lève la tête de son ordinateur, les yeux rougis. Les restes de son repas ornent son « desk ». La moitié du plateau en « open space » est encore présente, et seules les notifications de textos viennent interrompre le bruit du cliquetis des claviers. « À quelle heure tu rentres ? » ; « Tu m'avais promis que c'était la dernière fois que tu loupais un dîner avec mes potes » ; « Bon ben je vais me coucher. Bon courage, et à demain. Bises ». Les mêmes ritournelles, chaque soir. Toutes et tous ont de bonnes excuses à servir à leurs conjoints, en lieu et place de leur présence : un comité d'investissement le lendemain matin, une présentation pour le comité exécutif, un « pitch » pour un deal à plusieurs milliards d'euros. Les forçats sont attachés à leurs bancs et rament, rament, produisant des graphiques à la chaîne, effectuant des calculs de retour sur investissement, choisissant l'illustration qui fera le mieux passer le message. Ils sont passionnés, pour la plupart, tant la stimulation intellectuelle est une drogue puissante. Mais cela ne les empêche pas de se sentir en insécurité permanente. Une erreur dans les calculs, une faute de frappe, une incohérence entre le chiffre annoncé page 2 et celui mentionné dans l'annexe page 67, et l'évaluation sera mauvaise, manque de rigueur, faiblesse des capacités analytiques, « storytelling » à revoir… Alors les heures s'enchaînent, rythmées par les livraisons de repas, Frichti, Uber Eats, Deliveroo, Sushi Shop, Richter & Co possède un compte chez tous ces fournisseurs, pour permettre à ses troupes de dîner sur place et d'en faire toujours plus.

Esther au moins ne subit aucun reproche. Personne ne l'attend pour dîner, ni pour sortir, visiter une exposition, aller au cinéma ou au théâtre. Elle vit seule et ne voit pas quand elle pourrait rencontrer un potentiel compagnon. Depuis quatre mois maintenant, elle travaille chaque jour de 7 heures à minuit, et passe la moitié de son week-end à dormir. L'autre moitié est consacrée à la préparation des échéances de la semaine à venir. Elle travaille sur un deal où la banque est en charge de la vente d'un actif. En d'autres termes, elle aide une société à vendre l'une de ses filiales, moins performante que le reste des activités, qu'il faut présenter comme une pépite. Pour cela, elle contribue à la préparation de l'Info-Mémo, un document de cent cinquante pages qui doit présenter aux acquéreurs potentiels non seulement tous les chiffres de la société en vente, mais les analyses de chacun de ses marchés, les perspectives de croissance, les enjeux stratégiques, l'environnement concurrentiel, etc. Le « draft » est revu avec le client chaque lundi, à 14 heures. L'équipe de la banque se réunit le vendredi vers 16 heures, en présence du MD, pour revoir l'avancement et c'est le feu d'artifice : une analyse de plus par-ci, une analyse de plus par-là, l'histoire n'est pas encore suffisamment claire, les couleurs de ce graphique sont moches, on devrait également comparer avec telle ou telle autre entreprise ou autre industrie, avant le bouquet final : les résultats projetés ne sont pas assez ambitieux, il faut aller plus loin, nous sommes Richter & Co, nous devons pousser la valorisation toujours plus haut pour notre client. Plus elle sera importante, plus les honoraires de la banque seront élevés mais cet argument est secondaire…

Esther prend des notes sur le projet de document, en visualisant l'impact de ces demandes sur son week-end. Surtout ne rien oublier. Chaque nouvelle requête, chaque commentaire se chiffre en heures de travail supplémentaires, mais jamais elle ne se plaint. Elle a bien quelques réserves concernant les perspectives de l'entreprise et les projections de résultats toujours plus ambitieuses qu'exige le MD, mais elle les garde pour elle. Au contraire, elle s'investit avec un souci constant de la perfection : les calculs doivent être justes, les graphiques bien alignés et lisibles, les recherches sur les marchés poussées, les titres des planches PowerPoint percutants, et son chef satisfait. Elle y passera son samedi après-midi et la totalité de son dimanche, tant pis. Sa mère s'inquiète pour sa santé, se plaint de ne plus jamais la voir, mais Esther n'a de cesse de la rassurer : « Le deal va se faire bientôt, Maman, tu ne te rends pas compte à quel point les enjeux sont importants pour notre client, les offres des acheteurs seront remises dans trois semaines, après je pourrai récupérer, je t'assure, et les Ressources humaines m'ont garanti que ma prochaine affectation serait plus tranquille. Oui, je fais attention à ce que je mange, et promis je viens vous voir très vite. »

Travailler, serrer les dents, rentrer, dormir. Recommencer. Jusqu'à ce que lassitude s'ensuive. Jusqu'à la lie. Esther a perdu six kilos, ses joues se sont creusées, elle paraît cinq ans de plus que ses vingt-quatre ans. Mais les séances de « feedback » intermédiaires, avec son Vice-Président, lui indiquent que tous les signaux sont au vert. Ses sacrifices ne sont pas vains : elle aura probablement un « B » à cette première évaluation, et elle enchaînera sur la mission suivante avec pour seule obsession de décrocher un « A ». Épuisement ? Qu'importe ! Les interrogations sur le vrai potentiel de valorisation de l'entreprise à vendre ? Pas ton problème, Esther, si le MD veut une ambition plus importante, tu t'exécutes ! La seule chose qui compte, c'est ce satané carnet de notes. Richter & Co conserve ainsi ses ressources dans un état de tension permanente en proposant une quête sans fin de la prochaine étape, une meilleure note, la prochaine promotion, l'occasion de présenter ses travaux lors d'un séminaire interne, un bonus de fin d'année plus important que celui des voisins, des titres, des responsabilités, des médailles, tout est bon pour vous faire courir plus vite, plus longtemps, plus loin.

Il est 2 h 30 du matin. Esther est seule sur le plateau à présent. Elle vient de terminer les ultimes modifications, et imprime le document pour la réunion du lendemain. Le bruit de l'appareil la berce, elle dort debout, le regard vide, appuyée contre le ventre de l'immense machine de reprographie. Les feuilles s'empilent les unes au-dessus des autres, et le chariot se déplace transversalement dès qu'un document est complet. Esther devrait attraper ces paquets, les glisser dans une pochette plastifiée. Il y en a treize exemplaires, et le bac de réception va déborder. Elle sort enfin de sa léthargie, se dégage de la machine et tend le bras pour récupérer les paquets déjà formés. Sa main n'arrive pas jusque-là. Sans son appui, Esther s'effondre. Ses jambes ne la tiennent plus. La chute de tension est fatale, le corps débranche tout ce qui n'est pas essentiel pour préserver l'alimentation du cerveau. Elle tombe comme un pantin dont le marionnettiste aurait lâché les ficelles, mais sans heurts. Les chevilles ploient, les genoux vacillent, le tronc se recroqueville, les épaules touchent le sol et amortissent le choc final de la tête. Le photocopieur continue à vomir ses feuillets, obstinément, un par un, et la pile finit par déborder, et recouvre Esther d'une couverture de graphiques colorés et de textes cabalistiques, qui lui envoient des signaux d'affection. « Repose en paix, Esther, nous veillons sur toi. »

Nice

Grondin tourne en rond, autour de sa chaise, debout derrière son bureau. Son équipe vient de le débriefer : une semaine complète d'investigations et rien. Pas le commencement du début d'une piste, d'une hypothèse. Personne n'a rien vu, rien entendu, rien remarqué de suspect. Il est passé pour un idiot auprès des membres de son groupe, et maintenant il doit appeler la procureure pour lui faire ce brillant rapport : zilch, nada, wallou, que tchi, chou blanc, choisissez ce que vous préférez, Armelle, vous m'autorisez à vous appeler Armelle ? Non ? Très bien, madame la Procureure, madame la Représentante du ministère public, je n'ai rien à vous dire, je n'ai rien trouvé, je ne sais pas qui est ce foutu mec, si ça se trouve c'est un Albanais, un Italien, un Corse, tiens, qui se planquait dans le maquis depuis vingt ans et qui s'est brûlé le bout des doigts en faisant cuire des châtaignes, merde, allez, on classe, on oublie, on s'en fout et je vais chasser des vrais méchants, vous voulez bien, dites ?

Mais pourquoi ce type est-il venu s'échouer sur SA plage ? Il ne pouvait pas se noyer dans le port de Marseille, avec un bloc de ciment aux pieds, comme il se doit ? Grondin mâchonne une touillette en plastique. Une clope. Il est totalement obsédé par son envie de fumer. Il lui faudrait une cigarette pour réfléchir, rassembler ses pensées, prendre de la distance. Alimenter son cerveau en nicotine. Trop facile. Pas d'excuses. Concentre-toi, Christophe. Grondin s'encourage. Il n'aime pas son prénom, qu'il trouve commun. Il n'aurait pas réussi à travailler dans un univers où les collaborateurs s'apostrophent par leurs prénoms. Dès lors, il restait la police, l'armée ou la banque. Le choix s'était imposé de lui-même : Grondin déteste se lever tôt et l'idée de porter une cravate lui est insupportable. Flic. Il a ce métier chevillé au corps. Il aime résoudre les énigmes. Répondre aux questions ouvertes, remplir les blancs et passer à un autre problème. Il est incapable d'en traiter deux à la fois. Il sait, désormais, que ce noyé va l'obséder, le bouffer, le tourmenter, l'empêcher de dormir. Il ne va pas appeler Armelle Husson. Pas tout de suite. Inutile de passer pour un con, une fois de plus. Parfois il suffit d'arrêter d'y penser, de laisser l'esprit vagabonder. Prendre l'air. Grondin récupère son arme de service, enfile son blouson et claque la porte de son bureau. Direction le port. À grandes enjambées, il rejoint l'église Notre-Dame. Il respire goulûment, se persuadant qu'oxygène et azote font plus de bien à ses poumons que goudrons et nicotine.

Arrivé devant l'édifice, il songe en ironisant que c'est une demi-Madeleine qu'il a devant lui, avec ses quatre colonnes et son allure de temple grec. Mais une fois la porte poussée, Grondin est saisi par la magnificence, les dorures, on se croirait dans un palais de la République le jour d'une remise de décoration. Il n'a jamais cru en Dieu. Il a horreur des croyants et de leur rite, de ce cérémonial de soumission à une autorité divine. Comment croire en Dieu quand on connaît le côté obscur du cœur des hommes, leur cruauté, leur mesquinerie, la cupidité et la bêtise ? Il a fallu une succession de hasards, et une capacité à se tenir debout sur deux pieds pour que Sapiens apparaisse, domine le monde et finisse par construire des églises.

Le silence apaise Grondin. Seules quelques personnes âgées sont là, recroquevillées sur les bancs, des vieillards que la mort guette et qui tiennent à montrer qu'ils se sont bien comportés histoire d'assurer leur entrée au Paradis, égrenant leur chapelet au bout de leurs doigts raidis par l'arthrose. La porte grince, de temps à autre, laissant entrer quelques touristes qui se promènent dans la nef avant de poursuivre leur exploration de la ville. Il ne les entend plus. Armelle Husson a raison. Depuis le début, elle a raison. Avec sa suffisance, son manque d'expérience de terrain, son vocabulaire ampoulé et son besoin maladif de plaire aux politiques, la technocrate a raison. Son instinct de flic ne vaut pas l'intuition féminine. Il s'est suicidé, ce noyé. Personne ne l'a poussé par-dessus le bord d'un bateau. Il n'y a pas de bateau, d'ailleurs. On a cherché partout, scruté les images des embarcadères, du port, questionné le personnel des navires de croisière, interrogé les pachas des cargos, ses équipiers ont retourné toutes les pierres. Pas de tueur, pas de bateau. Il s'est jeté à l'eau tout seul, sans que personne ne l'y contraigne, ce con. Les plages. Ils n'ont pas vérifié les images des plages. Il faut tout recommencer. Saint-Jean-Cap-Ferrat en premier. Pourquoi pas ? La mer fonctionne avec sa propre logique, et elle a peut-être ramené l'homme là où il y était rentré. Mariani a quadrillé sa ville de vidéosurveillance, ils ont trouvé toutes les images qu'ils voulaient du port comme des embarcadères. Mais ils n'ont pas pensé à regarder les plages. Grondin se lève et quitte l'église en jetant un œil à la statue de la Vierge Marie à droite de l'autel. Dieu existe peut-être, après tout.

Paris, hôpital Georges-Pompidou

Esther sort doucement de sa léthargie. Quelques images lui reviennent, une femme de ménage qui lui tient la main, un pompier qui prend sa tension en lui posant des questions : l'heure de son dernier repas, quelle est l'année en cours et le nom du président de la République. Elle n'a pas encore ouvert les yeux que déjà son rythme cardiaque s'emballe. Les documents ! Le projet. BrightStone. Le client. Le comité exécutif. Catastrophe. Quelle heure peut-il bien être ? Qu'est-ce qu'elle fiche encore au lit alors que tout le monde doit l'attendre ? Où est sa sacoche ? Cette fois elle ouvre grand les yeux, paniquée. Elle est à l'hôpital, une perfusion dans le bras gauche, un monitoring à l'index. Le jour est levé. Elle était au bureau. Que lui est-il arrivé ? Personne dans la chambre. Où est son portable ? Il faut qu'elle appelle Alexis, son Vice-Président. Elle l'imagine chez le client, sans le document de support, en train de la maudire. Il va se faire incendier par le MD ! Combien d'appels en absence peut-elle bien avoir sur son téléphone ? Où est-il ? Il faut qu'elle le récupère pour savoir. Elle ne le voit pas. Réfléchis, Esther. La mémoire lui revient. Elle imprimait. Oui, elle était en train de l'imprimer, ce document. Par conséquent, elle avait terminé son travail, la présentation était finalisée. Mais elle ne parvient pas à se souvenir si oui ou non elle a envoyé par mail la version électronique avant de lancer l'impression. Elle voudrait se lever pour trouver son téléphone et vérifier sa boîte mail, elle s'assied sur le bord du lit, pose un pied à terre, puis un autre, prend appui sur ses mains mais un vertige l'empêche de pousser plus loin sa progression. Elle n'y arrivera pas. Elle s'effondre, en larmes, sur le côté. Que vont-ils penser d'elle chez Richter & Co ? Trop jeune, trop émotive, pas suffisamment résistante. Pas à la hauteur, tout simplement.

La porte de la chambre s'ouvre. Esther s'attend à voir une infirmière, un médecin, et s'étonne de son propre sexisme : pourquoi pas UN infirmier et UNE médecin ? Mais c'est Étienne Sorbier qui est devant elle, dans sa chambre d'hôpital ! Le responsable de toutes les activités de la banque en France est venu lui rendre visite en personne ? Elle ne l'a vu qu'une fois, lors de son discours, au début de l'« Induction week », et lors de ses interventions mensuelles pour commenter les résultats et la vie de la banque à Paris.

Elle n'a jamais eu l'occasion d'interagir directement avec lui et, soudain, elle se sent gagnée par la honte : non seulement elle a laissé tomber son équipe, mis en danger la réputation de la banque vis-à-vis d'un client important, mais en plus elle dérange Sorbier, dont l'agenda doit être rempli du matin au soir, trois semaines à l'avance. Elle ne sait pas où se mettre, elle voudrait disparaître : elle est en pyjama de papier, les paupières gonflées, le cerveau dans le coton, elle imagine les cernes qui entourent ses yeux. Elle passe la main dans ses cheveux, essaye de les arranger et de se redresser, tout pour tenter de se composer une contenance. Sorbier s'approche d'elle et lui prend sa main libre.

— Comment allez-vous, Esther ?

— Je ne sais pas, Monsieur. Qu'est-ce qui m'est arrivé ? Est-ce qu'Alexis a les documents pour le deal BrightStone ?

— On s'en fout de BrightStone, Esther. La seule chose qui compte, c'est vous. Vous vous êtes évanouie devant l'imprimante et ce sont les pompiers qui vous ont amenée ici. Le médecin m'a assuré que vous n'aviez rien de grave, juste une brutale chute de tension liée au manque de sommeil, mais, pour le reste, les constantes sont bonnes, pas d'inquiétude. Quelques jours de repos et vous serez sur pied. J'ai fait prévenir votre mère, elle est en chemin pour venir vous voir.

Sorbier a pris la décision de venir rendre visite à Esther dès qu'il a pris connaissance des circonstances qui l'ont conduite à l'hôpital. Le personnel de ménage a trouvé Esther gisant sur le sol, inconsciente, à 5 h 30 du matin. Ils ont immédiatement demandé aux pompiers d'intervenir pour l'évacuer, puis ont alerté leur interlocuteur habituel, le responsable des services généraux. Ce dernier est arrivé à 6 h 15 sur place, juste à temps pour avoir une discussion avec l'équipe de soins avant qu'ils ne conduisent Esther à l'hôpital européen Georges-Pompidou. Sorbier a été prévenu dès son arrivée au bureau à 8 heures. Il a vainement essayé de joindre le Vice-Président d'Esther, mais Monsieur devait se reposer, lui, et il n'a daigné retourner l'appel qu'à 9 heures. Entre-temps, Sorbier a demandé au service informatique de lui fournir l'historique des échanges de mails entre le VP sur le projet BrightStone et son équipe, pour constater avec rage que toutes les lignes jaunes avaient été franchies. La loi impose un intervalle de repos de onze heures consécutives entre deux journées, et un repos hebdomadaire de vingt-quatre heures minimum. Or l'analyse des mails met en lumière un flux de mails incessant, avec des demandes de modifications de document du soir pour le lendemain matin, du vendredi pour le samedi, bref, un désastre : si l'inspection du travail venait à se pencher sur ce cas, l'invocation d'un surcroît exceptionnel de travail ne tiendrait jamais. Une semaine, passe encore, mais quatre mois à ce rythme, pas étonnant qu'il y ait des dommages collatéraux. Richter & Co a pourtant proscrit l'envoi de mails entre 23 heures et 7 heures, mais certaines équipes ont eu tôt fait de contourner cette interdiction, sans que Sorbier soit au courant. Les explications balbutiantes au téléphone d'Alexis, le Vice-Président, invoquant l'importance des enjeux, la pression du client, celle du MD, ne lui avaient pas évité une remontrance loin des échanges habituellement policés et caractérisés par l'emploi de la litote. Le bruit qu'une jeune analyste de Richter & Co était demeurée inconsciente, dans leurs locaux, victime d'une chute de tension consécutive à un épuisement professionnel, allait non seulement faire le tour du bureau parisien de la banque, mais Sorbier aurait à s'en expliquer devant le patron de l'Europe, qui s'était engagé *urbi et orbi* à faire évoluer la culture de la banque pour permettre aux collaborateurs de jouir d'un meilleur équilibre entre vie professionnelle et vie privée et de mettre un terme à ce qu'il avait appelé le culte de la performance sacrificielle !

Au-delà de la catastrophe sur le rythme et les horaires de travail, l'examen des échanges de mails a inquiété Sorbier sur un autre sujet. Le Managing Director, Sébastien Thévenin, insiste à plusieurs reprises auprès d'Alexis et d'Esther pour doper les projections de ventes à inscrire dans l'Info-Mémo à l'attention des investisseurs potentiels. Il le fait avec tact, sans jamais leur imposer d'objectif précis ni les pousser à effectuer de fausses prévisions, mais la nuance est ténue, et Étienne a suffisamment d'expérience pour flairer une tentative de manipulation. Thévenin est sur la sellette chez Richter & Co depuis deux ou trois ans, pas assez de chiffre, et seul un coup d'éclat lui permettrait d'éviter de se faire remercier à la fin de l'année. Il joue son va-tout avec cette opération BrightStone, et Sorbier a le sentiment, au regard de ces échanges de mails avec son équipe, qu'il flirte avec la limite. Récemment divorcé, Thévenin a été massacré par l'avocat de son ex-épouse, qui a obtenu pour elle une prestation compensatoire astronomique, et il a besoin de se reconstituer un patrimoine. Étienne avait bien prévu de porter un regard attentif au dossier, il doit préserver la réputation de la banque, et veiller à ce que les intérêts de ses clients passent au premier plan, mais il s'est lui-même retrouvé absorbé dans un « deal » complexe et il n'a pas pris le temps de s'y atteler.

Burn out potentiel, et soupçon de manipulation de chiffres, deux alertes atomiques pour la banque ! Aussi Sorbier a-t-il décidé de rendre visite à cette Esther Goetz lui-même, afin de limiter les dégâts. Il tient à lui montrer combien la banque prend sa situation au sérieux, et qu'il se sent personnellement responsable de son bien-être, aussi bien physique que mental. Bref, il souhaite la rassurer sur le fait que sa carrière ne pâtira pas de ce fâcheux épisode, et tout mettre en œuvre pour que cet incident isolé le demeure. Pour Étienne, il est primordial d'éviter toute forme d'escalade à l'intérieur de Richter & Co, comme vis-à-vis de l'extérieur, médecine ou inspection du travail. Le pire serait une communication sur les réseaux sociaux qui deviendrait vite hors de contrôle. Sorbier avait rodé son discours, et préparé son attitude la plus hypocrite pour rassurer Esther avec des promesses de jours meilleurs. Maintenant qu'il se trouve à côté d'elle, il se sent à la fois désarmé et coupable. Désarmé tant elle apparaît d'une fragilité extrême, pâle, les joues creusées, le regard fatigué et la voix mal assurée. Coupable d'avoir prêté à Esther des intentions potentiellement revendicatrices, alors qu'elle s'excuse d'un supposé manque de professionnalisme. Le banquier triomphant se sent déstabilisé. C'est une chose de discuter de cas de fatigue, de « burn out », d'arrêt maladie, tous anonymes, avec son responsable RH, bien calé au fond de son fauteuil, et d'envisager les meilleures options pour les traiter. Mais Étienne, en se retrouvant ainsi face aux conséquences du système qu'il est censé représenter, éprouve une émotion qu'il n'anticipait pas. Sorbier songe à sa fille, Claire, qui doit avoir sensiblement le même âge qu'Esther. Il imagine sa réaction en tant que père si un metteur en scène menaçait ainsi la santé de son enfant à force de répétitions, d'humiliations, d'exigences déraisonnables. Il lui casserait la gueule sans hésiter, le traiterait de monstre, le poursuivrait en justice. La quête d'excellence ne peut justifier une telle pression ! Et dire que c'est lui qui règne en maître sur ce système qui appuie, qui demande toujours plus, qui engendre ce type de réaction. Il a honte. Loin des grands discours, des théories sur l'engagement, il a envie de serrer Esther dans ses bras, de lui murmurer que tout ira bien désormais, qu'il va prendre soin d'elle, personnellement, qu'il ne la laissera plus aux mains d'équipes si peu attentives, qu'il choisira lui-même ses affectations. Il a gardé sa main sur celle d'Esther. Ce contact le trouble, mais il n'esquisse aucun geste pour la retirer. Esther non plus. Elle détourne le regard lorsqu'une larme coule sur sa joue, avant de regarder Étienne à nouveau, pour s'excuser encore de l'embarras qu'elle cause. Sorbier ne dit plus rien, sourit. Elle s'excuse à nouveau, entre deux hoquets. Étienne sourit. Son téléphone vibre dans la poche intérieure de son costume mais il se refuse à lâcher la main d'Esther. Étienne est heureux d'être là. Il se fout de son téléphone, il n'a cure des urgences, il oublie les clients, les millions de dollars, les réunions qu'il a reportées, les agissements douteux de Thévenin, la réputation de la banque, le taxi qui l'attend à l'entrée de l'hôpital. Il voudrait rester avec Esther, suspendre la course folle du temps, arrêter la roue et permettre au hamster de descendre. Il sort de sa veste la pochette blanche, soigneusement pliée, et essuie la larme sur la joue d'Esther. Aucune gêne ne transparaît entre eux deux. Pour Étienne, ce geste ne marque qu'affection et bienveillance ; quant à Esther, elle n'est pas suffisamment lucide pour se livrer à une quelconque interprétation.

Leur face-à-face est interrompu par l'irruption de la mère d'Esther, inquiète, qui enlace sa fille avant de bombarder Sorbier de questions. Le temps reprend ses droits, les affaires également. Étienne retrouve une attitude professionnelle et répond aux interrogations sur un ton courtois. Il promet que le rétablissement d'Esther est la priorité de Richter & Co, qu'elle sera accompagnée par un coach lors de sa reprise, et qu'il veillera personnellement à son épanouissement. Habilement, il retrouve ses réflexes de fin politique et interroge à son tour la mère d'Esther, pour la laisser elle-même reconnaître que oui, Esther a toujours été perfectionniste, voire jusqu'au-boutiste, et qu'il faudra qu'elle apprenne à moins travailler – les torts sont partagés. Il lui laisse son numéro de portable, et retourne aux affaires non sans avoir souhaité à

Esther un prompt rétablissement. Il marche d'un pas léger, et sourit tout le long du trajet qui sépare la chambre d'Esther du bas de la rampe, à l'extérieur, où son taxi l'attend.

Nice, palais de justice

Un homme, seul, à 4 h 30 du matin, se déshabille, plage du Phare, tout au bout de la presqu'île de Saint-Jean-Cap-Ferrat. On ne distingue que sa silhouette, les lampadaires publics sont loin et le ciel est sans lune. Les images ont été éclaircies et le contraste poussé au maximum par les techniciens. L'individu porte une casquette sombre, à large visière, sans logo ni caractère distinctif. Il s'assied en tailleur sur la plage, délace avec soin ses chaussures, des baskets, ôte ses chaussettes, et se relève pour faire glisser son pantalon (il n'a pas de ceinture). Il s'éloigne de la grève, pieds nus, remonte vers le haut de la plage, ouvre la benne à ordures et y jette en boule les effets qu'il vient d'enlever. Il laisse le couvercle ouvert, jette un œil à gauche, puis à droite, s'assurant qu'il n'y a pas de promeneur, et enlève sa chemise, son caleçon et sa casquette, pour les balancer à leur tour. Pas un cheveu sur le crâne. Il referme la benne puis se dirige vers la mer. Arrivé au bord de l'eau, il marque un long temps d'hésitation avant de reprendre sa marche en avant. Une fois immergé jusqu'au milieu du torse, on le voit plonger, tête en avant, et nager tout droit, d'un crawl régulier, avec une respiration alternée à droite et à gauche tous les trois temps. Les mouvements sont fluides et, malgré le peu de lumière, on suit sa progression grâce à l'écume en surface d'une mer calme, jusqu'à ce qu'il quitte le champ des trois caméras qui surveillent la plage.

Fin du film. Grondin referme la couverture souple de la tablette et enchaîne, fier du travail accompli :

— Voilà, madame la Procureure. Ces images datent d'il y a trois semaines. Il s'agit bien de notre homme, la taille et la corpulence correspondent, pas un poil visible ni sur le crâne ni sur le corps lorsqu'on grossit l'image, bref, vous aviez raison : un suicide, d'un mode opératoire peu commun. Il a dû nager loin, très loin de la côte, jusqu'à être trop épuisé pour pouvoir revenir. J'ai montré le film à un maître-nageur du coin, une chose est sûre, il a de la technique. Enfin, il en avait. Les mouvements sont amples et réguliers, la respiration alternée et la trajectoire rectiligne. Le type a, selon lui, dû s'entraîner quelques années en club, pas d'amateurs avec ce niveau de technique. Dans une eau à cette température, avec ce bagage technique, un homme de son âge doit pouvoir nager entre trois et cinq kilomètres avant d'être perclus de crampes, toujours selon le maître-nageur. S'il a parcouru une telle distance, nous avons notre explication concernant le délai entre la noyade et la découverte du corps sur la plage. Maintenant, nous ne sommes pas beaucoup plus avancés quant à l'identification de notre nageur. Les bennes à ordures sont vidées chaque matin, entre 5 heures et 5 h 30, rien à espérer de ce côté-là, ses vêtements sont partis en fumée depuis longtemps. On a commencé à éplucher les images de vidéosurveillance en journée, en se concentrant sur l'élément nouveau : la casquette. Il n'est pas le seul à porter une casquette en cette saison, mais nous avons étudié les images et cherché les individus solitaires, en partant de l'hypothèse que si notre homme a voulu se dissimuler à ce point, il n'est pas venu sur la Côte d'Azur en famille ! On a quelques apparitions de silhouettes qui pourraient correspondre, non seulement la veille mais aussi l'avant-veille de la scène que je viens de vous montrer. On va creuser, mais à ce stade on se dit que le gars a probablement dormi à Saint-Jean-Cap-Ferrat, ou dans le coin, juste avant de se jeter à la baille. Pas encore d'image permettant de reconnaître un visage, mais comme on cherche la casquette, on ne peut pas espérer beaucoup mieux.

Vous voyez, madame la Procureure, on progresse ! Et vous savez quoi ?

Grondin marque un temps d'arrêt et prend une inspiration avant de poursuivre. Il est heureux, comme un gosse qui viendrait de franchir un palier dans un jeu vidéo, excité à l'idée de la traque qui s'annonce, et il est fier de son effet de manches. La procureure va être impressionnée par la révélation qu'il va annoncer. Seulement, Armelle Husson ne lui laisse pas le temps d'enchaîner. Au contraire, elle douche son enthousiasme.

— Non, je ne sais pas, Capitaine, et je suis désolée, mais je m'en fous. C'est formidable, ce que vous avez déjà fait, merci beaucoup, mais on va en rester là. Je ne vais pas continuer à mobiliser des ressources de la brigade criminelle pour un suicide. Après tout, ce n'est pas illégal d'attenter à sa propre vie, en France. On a un cadavre. On connaît maintenant les circonstances de son décès grâce à votre travail. Il n'y a pas lieu de poursuivre qui que ce soit, et surtout pas une enquête. Félicitez vos équipes, et passez à autre chose.

— Comment ça on arrête là ? Mais on ne sait toujours pas qui c'est vraiment, ce mec, ni ce qui a motivé son geste ! S'il s'est donné tant de mal pour disparaître, c'est peut-être qu'il est recherché, vous ne croyez pas ? Il doit avoir des proches, une femme, des enfants, une mère, quelque part, qui s'inquiètent. Je suis sûr que je peux avancer très vite à présent. On leur doit des réponses, à tous ces gens, non ? Laissez-moi une ou deux semaines, et si on est dans l'impasse on raccroche.

— Hors de question, Capitaine. Je ne vais pas gaspiller les deniers du contribuable avec des théories fumeuses. Je vous le répète : en France, on a le droit de se suicider, et tout adulte a le droit constitutionnel de disparaître. Alors foutez-lui la paix, à ce mec, comme vous dites. Il ne voulait pas qu'on le retrouve, pas de bol, il a atterri chez nous et avec l'obsession de Mariani pour la vidéosurveillance, on a son suicide en 16/9 ! Moi, je transmets à la morgue une ordonnance, direction la fosse commune, et vous, vous l'oubliez. Je me suis bien fait comprendre ?

— Parfaitement, madame la Procureure.

Le ton est docile. Grondin ne va pas commettre la même erreur qu'à Bobigny. Oui Madame, à vos ordres, je respecte la chaîne de commandement, toujours et en tout temps. Mais le visage du capitaine est fermé, loin de son enthousiasme presque juvénile de naguère, il croise ostensiblement les bras et regarde Husson de toute sa hauteur, attendant la suite.

— Merci Grondin. Excusez-moi, je n'aurais pas dû être aussi sèche. Allez, filez, vous devez avoir d'autres affaires. À bientôt. Et beau travail, encore une fois, j'en toucherai un mot au commissaire.

Quelle hypocrite ! Je t'en foutrais, du « beau travail ». Elle veut me donner un bon point, aussi, pour que je sois sage ? Grondin quitte le bureau, dégoûté. Bien entendu, il a d'autres enquêtes en cours : un braquage de supérette qui a mal tourné, par deux adolescents en survêtement qui ont paniqué lorsque le gérant a voulu résister, résultat une balle dans le ventre, et 354 euros de butin, avec en prime leurs empreintes sur le comptoir, des lumières, ceux-là, qui vont commencer leur vie d'adultes au centre pénitentiaire de Toulon, et une série de cambriolages avec violence sur les hauteurs de Juan-les-Pins. Passionnant. Alors que, depuis qu'il a vu les images corroborant la thèse du suicide, il tourne et retourne dans sa tête les mobiles possibles de son Arthur, et que ce mystère le fascine.

Arthur Miller. Il n'a pas eu l'occasion de le révéler à la procureure, mais il a un nom, désormais, son macchabée. Un nom, tu parles ! Un pseudo, grossier, mais poétique. Et dire qu'il gardait le meilleur pour la fin, avant qu'elle l'interrompe, cette pète-sec, et lui intime de classer l'affaire, avec ses grands principes constitutionnels. Grâce aux images de jour qui localisent sa victime l'avant-veille de son suicide, Grondin est persuadé que son noyé a résidé sur place, quelque part. Aussi a-t-il demandé à son groupe de faire le tour des hôtels de Saint-Jean pour reconstituer la liste des clients présentant les caractéristiques suivantes : homme seul, quarantaine avancée, sans réservation internet, règlement du séjour en liquide, et pas de dépôt de copie de pièce d'identité. Grondin ne voulait pas faire injure à son inconnu : un type qui veut à ce point disparaître ne va pas s'amuser à laisser une empreinte de carte bleue ou un mail de réservation dans son sillage ! Seuls trois noms avaient émergé de cette investigation rapide. Il avait vérifié les identités et sur les trois, deux correspondaient à des personnes réelles, un représentant de commerce lillois en vadrouille sur le secteur, et un artisan du coin, à qui sa femme avait probablement demandé de passer la nuit ailleurs. Le troisième, Arthur Miller, ne ressortait dans aucun fichier. Grondin avait trouvé des dizaines de « Arthur Millet » résidant sur le territoire français, mais seulement deux « Arthur Miller ». Un journaliste de nationalité britannique, correspondant du *Guardian* à Paris, qui avait encore publié un papier la semaine précédente, vivant donc, selon toute vraisemblance, et un jeune homme de vingt-trois ans habitant Nantes, hors des critères d'âge.

Arthur Miller. *Les Désaxés.* Marilyn Monroe, Clark Gable et Montgomery Clift. Grondin n'avait rien compris à ce film, mais il se souvenait de quelques images en noir et blanc, et des commentaires d'Eddy Mitchell avant sa diffusion sur FR3 à l'époque, dans « La dernière séance » : ce film devait porter une malédiction, puisqu'il fut le dernier de chacun de ces trois acteurs mythiques. Arthur Miller. Un type qui avait épousé Marilyn devait avoir quelque chose de spécial. La consultation de la page Wikipédia a également appris à Grondin que Miller était l'auteur de *Mort d'un commis voyageur*. Il n'a jamais vu cette pièce, mais le titre est évocateur. Est-ce que son noyé avait voulu envoyer un ultime message ? Décidément cette énigme l'intrigue, le tourmente, et il ne voit pas comment il va pouvoir en rester là : qu'est-ce qui peut bien pousser quelqu'un à souhaiter disparaître de la surface de la terre ? Et cette question l'obsède bien plus que l'interpellation des deux jeunes ou le planning des planques pour prendre en flagrant délit les monte-en-l'air du coin. Arthur, pourquoi as-tu voulu t'éclipser ? Qui es-tu ? Quel est ce secret que tu as voulu couler avec toi ? En descendant les marches du palais de justice, Grondin se promet de trouver quelques réponses, et tant pis pour Armelle Husson et ses principes à la noix.

Paris, Madeleine

Esther n'a jamais pris l'initiative dans la parade amoureuse. Les rares hommes avec lesquels elle a entretenu des relations, qu'elles soient de quelques heures ou de quelques semaines, ont tous eu à faire le premier pas, à pencher le cou jusqu'à effleurer ses lèvres, au risque d'une sèche rebuffade, ou à murmurer au creux de son oreille, « j'ai envie de t'embrasser », attendant un assentiment salvateur ou un rire castrateur. Pourtant, ce soir, c'est bien elle qui s'approche d'Étienne. Tout près. Bien trop près. Étienne ne recule pas, et n'esquisse pas un geste lorsqu'elle se hisse sur la pointe des pieds pour déposer un baiser sur ses lèvres. Il devrait réagir, la repousser, résister. Réveille-toi, Étienne ! Il n'a jamais trompé sa femme, en vingt-cinq ans de mariage. Il est satisfait de sa vie sexuelle. À vrai dire, il ne se pose même pas la question. Il travaille tant que le rapport conjugal du dimanche lui convient, sans qu'il soit torturé par des désirs inavouables, ou frustré de ne pas collectionner les femmes comme certains de ses collègues. Son premier patron, directeur de cabinet du ministre de l'Industrie, lui avait déclaré le jour de son arrivée au ministère : « Ici, Étienne vous ne sortez votre bite que pour pisser. » Sorbier a passé sa vie à respecter ce principe, et l'affaire DSK, quelques années plus tard, l'a conforté dans cette hygiène de vie. Pas de sexe au travail. Et quand, comme pour Étienne, la vie se résume au travail, ainsi disparaissent les tentations. Ressaisis-toi, Étienne ! Tandis que Sorbier se laisse déborder, Esther se surprend elle-même de tant d'audace. Elle desserre le nœud de sa cravate, la fait coulisser et la laisse tomber sur le sol. Sorbier regarde Esther et il visualise la somme d'emmerdements qui l'attend, sans pour autant réagir. Elle défait les boutons de sa chemise, un à un, laissant courir ses doigts sur son torse, un peu plus loin à chaque ouverture supplémentaire, et Étienne est traversé de frissons. Il pense à Ariane, sa femme, au désespoir qu'il est en train de lui causer. Il pense à Claire, sa fille aînée, à peine plus jeune que celle qui est en train de le faire bander comme ça ne lui est pas arrivé depuis longtemps. Si elle le voyait, émoustillé comme un collégien, elle le lapiderait. Rien n'y fait. Au diable la raison. Principes de merde. Esther embrasse ses tétons et Étienne lâche tout. Il caresse les cheveux d'Esther, l'embrasse à son tour dans le cou, la gorge, la nuque. Merde. La porte de son bureau est-elle bien fermée ? Un reste de lucidité ? Il jette un œil, et se rassure. Il est tard, les analystes travaillent dans les étages, mais personne ne va oser pénétrer dans le bureau d'un Managing Director, et surtout pas de celui qui dirige la banque en France. Mais qu'est-ce qu'il fout ? Il vit. Il vit l'instant présent, avec intensité. Il rentre dans le tourbillon. Ses mains se promènent sur les seins d'Esther. Il a vingt ans. Esther fait tomber sa chemise. Il n'a plus vingt ans. De son passé de nageur, il a gardé de belles épaules, et il continue à s'entraîner régulièrement avec le coach du Racing, mais la ceinture abdominale n'est plus ce qu'elle était. Esther n'en a cure, manifestement, qui dégrafe à présent son pantalon. Trop tard. Plus rien à faire, qu'à s'abandonner. Tant pis. Ils n'ont pas échangé un mot depuis ce baiser qu'Esther a offert à Étienne contre la porte de son bureau, ce baiser qu'il aurait pu refuser, qu'il aurait dû refuser, et maintenant tout s'enchaîne. Ils laissent libre cours à leurs envies, menant chacun la danse à tour de rôle, dans le silence des amants qui ne veulent pas se faire surprendre.

Étienne est assis sur le canapé, et regarde vaguement les vêtements éparpillés sur la moquette, son siège de bureau et sa table de réunion. Il constate avec détachement qu'il a conservé ses chaussettes.

La tête d'Esther est sur ses genoux, et il caresse ses cheveux bouclés, sa nuque et effleure du dos de sa main le creux de ses omoplates. Sa peau est douce, et les courbes de ses hanches troublantes. Elle est belle. Sa respiration est régulière. Peut-être dort-elle ? Il ne saurait le dire. Aucun des deux n'a prononcé un mot, depuis qu'ils ont joui.

Comment en sont-ils arrivés là ? Pas de préméditation, ni d'un côté ni de l'autre. Étienne a voulu aider Esther à reprendre son poste d'analyste, et la placer sur une trajectoire de réussite, sans malice, sans idée derrière la tête. La vision de cette jeune femme en détresse sur son lit d'hôpital lui a rappelé son engagement politique, sa jeunesse et ses convictions, loin du cynisme blasé qui détermine désormais son comportement à la tête de Richter & Co. Cette confrontation a également agi comme un révélateur du temps qu'il n'a pas passé avec sa propre fille. Ce temps qui a filé, et qui n'est pas rattrapable. Quand bien même il voudrait se rapprocher de Claire, lui accorder de l'attention, lui prouver son affection, il est trop tard. Claire est agressive avec lui et ne lui ouvrira aucune perspective de rédemption. Il ne peut lui donner que de l'argent, qu'elle accepte en forme de compensation. Pour le reste, Ariane occupe l'espace de l'amour et joue à la fois le rôle de la confidente, de la mère, de l'éducatrice et de la conseillère d'orientation. Alors

Étienne s'est mis en tête d'aider Esther, de toute son âme nouvellement retrouvée. Il a commencé par la sortir des griffes de Sébastien Thévenin et de son vénéneux projet BrightStone. Étienne a convoqué Thévenin et lui a asséné une litanie de reproches quant au traitement infligé à ses équipes, qui mettait en danger non seulement leur intégrité physique mais la réputation de la banque. Devant l'indifférence polie manifestée par Thévenin, Sorbier s'est emporté et a évoqué ses soupçons de malhonnêteté intellectuelle, de tentatives de gonflement de la valorisation par le biais de projections irréalistes, ce qui a déclenché chez Thévenin une réaction volcanique. La discussion a pris fin sur un argument d'autorité, Esther Goetz sort de l'équipe projet, un point c'est tout, et les deux protagonistes se sont quittés en se faisant chacun la promesse d'avoir la peau de l'autre à la première occasion. Ensuite, Étienne s'est arrangé pour staffer Esther dans le giron d'un autre Managing Director, connu pour le soin qu'il porte à l'encadrement et au développement de ses équipes, et il a organisé avec elle un point de discussion hebdomadaire, pour la faire s'exprimer sur l'intérêt de la mission, sur les difficultés qu'elle pouvait rencontrer, et sur les questions qu'elle se posait en termes d'organisation de son travail.

Les échanges sont devenus de plus en plus intimes, Esther s'ouvrant à Étienne bien au-delà de la sphère purement professionnelle, abordant la relation avec son père, son manque chronique de confiance en elle, sa sensibilité au regard des autres, l'impression de n'agir qu'en fonction de ce qui était attendu d'elle. Une forme de « transfert » classique était en train de s'opérer, et Étienne ne voyait rien venir de l'amour qu'il engendrait. En psychanalyse, le cas du patient qui tombe amoureux du thérapeute est un classique ; la mécanique est similaire dans les relations de développement personnel. Étienne s'était improvisé coach, sans la formation, ni les codes, ni le soutien d'un superviseur. Au fur et à mesure de leurs rencontres, Esther tombait éperdument amoureuse de lui, et Sorbier ne se rendait compte de rien. Au contraire, il n'instaurait aucune barrière, flatté de cette relation qui était en train de s'instaurer, et heureux de voir Esther renaître, rayonner, ne plus hésiter à prendre la parole devant des interlocuteurs plus seniors qu'elle, affirmer un point de vue différent de celui de son Vice-Président et le soutenir. Si bien que son premier comité de carrière avait décerné à Esther un « A », qui la positionnait dans le top 10 % de sa cohorte. L'influence de Sorbier était mesurable, et il en concevait de la fierté. Bien sûr, les mauvaises langues commentaient cette relation particulière entre le patron de la banque à Paris et une toute jeune analyste, mais Sorbier, avec son expérience politique, savait que la calomnie faisait partie du paysage des hommes de pouvoir. Tant qu'il n'avait rien à se reprocher, il pouvait laisser persifler les jaloux et les conspirateurs de tous bords.

Esther quant à elle n'en revient pas de son audace. Étendue en chien de fusil sur le canapé de Sorbier, la tête sur ses cuisses, nue comme au premier jour, elle frissonne mais n'ose rompre le silence qui s'est installé. Elle aime cet homme. Elle aime ses doigts qui lissent ses boucles et s'égarent depuis sa nuque jusqu'au creux de ses omoplates. Elle l'aime de tout son être, comme une adolescente peut aimer son professeur de philosophie. Elle admire son brio, sa prestance, sa verve, son agilité intellectuelle. Elle est fascinée par sa capacité à naviguer dans les plus hautes sphères du pouvoir, entre P-DG du CAC 40, ministres, conseillers de l'Élysée, mécènes d'art contemporain, sans pour autant perdre son âme, comme les autres MDs qui s'arrangent pour placer dans toutes leurs phrases les noms prestigieux qui peuplent leur agenda. Au-delà de la figure de pouvoir, elle aime l'homme. Elle l'aime parce qu'il la comprend, qu'il l'écoute, qu'il la guide. Elle l'aime parce qu'il la traite comme une adulte, qu'il la considère. Elle l'aime parce qu'il n'a jamais eu un geste déplacé, ni un regard concupiscent. Il s'intéresse à sa personnalité, à elle, pas à son cul, ni à sa bouche ou à ses seins. Elle ne s'est jamais sentie aussi bien dans sa peau que depuis qu'elle passe tant de temps avec lui. Elle se sent en confiance à ses côtés, en sécurité. Elle l'aime et elle est prête à aller au bout du monde avec lui. Qu'il soit marié lui importe peu. Elle n'a pas senti d'amour entre Ariane et lui lorsqu'elle les a vus ensemble, aux soirées de la banque. Un couple établi, sans étincelle dans le regard. Qu'ils sont rapides, les jugements des jeunes gens, sur les couples qui ont résisté à l'épreuve du temps. Que savent-ils de ce qui forge une relation ? Pour Esther, l'amour, c'est encore être désespéré aussitôt que l'autre n'est plus à portée de regard. Étienne et sa femme ne doivent plus s'aimer. Esther cherche à se dédouaner. Elle sent, elle sait toute la perturbation qu'elle vient déclencher dans la vie bien rangée de Sorbier. Alors elle se justifie. Elle n'a rien prémédité, c'est arrivé, c'est tout. Mais ce baiser, voilà déjà quelques semaines qu'elle en avait envie. Au fur et à mesure de leurs rendez-vous de travail, elle a prêté une attention plus particulière à la façon dont elle s'habillait. Pourtant, Étienne ne l'a jamais complimentée sur ses tenues. Si elle a apprécié cette retenue au début, elle a fini par guetter une remarque, surprendre un regard. Elle a varié les coiffures, ses cheveux bruns bouclés lâchés ou disciplinés dans un sévère chignon, mis des chemisiers échancrés, des tops, des cols Claudine, alterné robes, jupes et pantalons, talons hauts ou ballerines, rouge à lèvres ou gloss, sans qu'il paraisse le moins du monde troublé. Il est dans son rôle, il est habité par l'institution qu'il représente, un bloc de contrôle de soi. Esther, lassée, a subitement eu envie d'en éprouver la résistance. D'où cette offensive, ce baiser volé. La ligne Maginot a cédé au premier assaut. Étienne lui a rendu son baiser, et la façon dont ils viennent de faire l'amour laisse la jeune femme espérer que cette rupture de digue n'est pas qu'un accident.

Pourtant elle tourne et retourne dans sa tête la première phrase que Sorbier va prononcer. Elle redoute un paternaliste et convenu « Esther, c'était formidable, mais c'est une énorme connerie, ce que nous venons de faire là. Je ne sais pas ce qui m'a pris, je suis désolé, je me suis laissé emporter. Je compte sur toi pour agir comme s'il ne s'était rien passé ». Elle attend. Il ne dit rien. Elle tourne la tête vers lui, plonge son regard dans le sien et, alors que ses lèvres commencent à former le premier mot, Esther impose son index levé contre la bouche d'Étienne. Chuuuut. Ne dis rien. Demain. Elle préfère ne rien entendre, garder espoir et conserver intacte la magie de cet instant. Demain est un autre jour. Demain il la remettra à sa place. Demain c'en sera fini de cette belle histoire. Mais ce soir elle va se coucher avec l'odeur d'Étienne Sorbier sur sa peau, avec le souvenir de ses baisers dans son cou, avec sa semence en elle. Ce soir elle est sa maîtresse. Ce soir il l'aime. Qui sait ? Peut-être était-ce justement ce qu'il allait dire avant qu'elle lui intime de se taire ? Elle se lève, lui sourit, l'invite d'un geste à ne pas se lever, se rhabille à la hâte, d'un coup d'œil vérifie qu'elle n'a rien oublié, dépose un baiser sur les lèvres d'Étienne et s'éclipse.

Après le départ d'Esther, Sorbier demeure quelques instants dans un état de semi-léthargie euphorique. Mais, petit à petit, les connexions neuronales se rétablissent. Ce « Chuuut » d'Esther, avant de partir, lui a rappelé la mimique de sa fille Claire quand elle était petite. Le remords qui soudain envahit Étienne joue le rôle d'un réveil brutal. Qu'a-t-il fait ? Il vient de transgresser toutes les lignes de conduite qu'il s'était fixées, sur un coup de tête ! Il se trouve ridicule, là, nu sur son canapé, chaussettes aux pieds, son sexe mou, entouré de poils pubiens grisonnants. Étienne se lève, se rhabille, range frénétiquement son bureau, tapote les coussins du canapé, replace sur la table basse les publications de Richter & Co qui jonchent le sol, et jette un œil à son téléphone. Au-delà des mails habituels, un texto d'Ariane pour savoir à quelle heure il rentre. Il est 21 h 30, le texto remonte à 19 h 45. Merde. Étienne panique. Il répond toujours dans la foulée aux interrogations d'Ariane, de façon à lui laisser le loisir de s'organiser, de sortir avec des amis s'il est retenu par une réunion qui s'éternise ou un dîner qui s'improvise. Que va-t-il pouvoir raconter à Ariane ? Il va se débrouiller, baratiner, inventer, bien sûr, il va s'en sortir, même s'il appréhende les retrouvailles, les premiers mots, le premier baiser de mari adultère, quel vilain mot. Mais quel que soit son talent, sa capacité d'improvisation et de dissimulation, rien ne viendra effacer ce qui s'est passé dans ce bureau. Il vient de la tromper, avec une fille de vingt-cinq ans de moins que lui. Vingt-cinq ans de mariage au rebut, pour vingt-cinq minutes de plaisir. Pathétique. Prévisible. Minable. Masculin.

Nice, Saint-Jean-Cap-Ferrat

Grondin tire sur sa cigarette avec délectation et culpabilité. Quel con ! Mais c'est si bon. Le grésillement caractéristique à l'inspiration, la goulée de fumée qui passe de la trachée aux poumons et la dose de nicotine qui alimente les neurorécepteurs du cerveau en moins d'une seconde, après tant de semaines de frustration. Il a craqué. Il a poussé la porte d'un bureau de tabac, en maudissant sa faiblesse mais d'un pas résolu. Depuis, il se cache, ne fume que lorsqu'il est seul, et a toujours dans sa poche un paquet de pastilles mentholées ultrafortes pour n'avoir jamais à admettre qu'il a flanché. Pourtant il avait fait le plus dur, après six mois de sevrage. Il se donne des excuses, sa mutation, un nouvel environnement, la solitude, et, par-dessus tout, ce fichu Arthur Miller, qui lui tape sur le système. Il mène une véritable double vie, avec une maîtresse qui ne lui apporte aucune satisfaction. En service, il traite les affaires criminelles courantes, il gère son groupe avec autorité, le commissaire est content de lui et il a même reçu des compliments, bien réels cette fois, d'Armelle Husson pour son succès dans le démantèlement du gang de cambrioleurs de Juan-les-Pins. Pendant son temps de repos il cherche, il traque, il fouille. Il a scruté des heures et des heures d'images de vidéosurveillance pour reconstituer les derniers jours d'Arthur Miller, guettant la casquette, ou un crâne dégarni, parmi les centaines de passants, de promeneurs sans histoires qui n'ont pas idée qu'ils peuvent être observés de la sorte, en toute légalité. Il a interrogé les salariés de l'hôtel, s'attardant sur les échanges potentiels avec la réception et les équipes de ménage, à l'affût de la moindre information qui lui permettrait de mieux cerner le personnage.

Les témoignages ont permis à Grondin de rassembler des premiers éléments. Arthur est poli : il s'est montré courtois et attentionné lors de ses rares interactions avec le personnel, que ce soit à la réception, au restaurant ou dans les couloirs. Arthur est discret, merci, Grondin s'en doutait un peu. Il n'a jamais quitté sa casquette noire, impossible pour Grondin de savoir s'il est arrivé avec ou sans cheveux. Arthur s'est présenté à l'hôtel « Les Oursins », un jeudi vers 18 heures, couvre-chef vissé sur le crâne. Il n'avait pas réservé, il a demandé s'il restait des chambres disponibles. Il a fait un grand sourire quand la réceptionniste lui a demandé une pièce d'identité et une carte bleue pour la caution. Il a tendu trois billets jaunes de 200 euros, en disant : avec ça, pour deux nuits, ça vous ennuie si je souhaite conserver un peu de discrétion ? À ce tarif-là, elle est plus que garantie ! Un nom pour le registre ? Il a réfléchi l'espace d'un instant avant de déclarer « Arthur Miller », et de l'épeler. Il ne portait pas de gants, et personne n'a remarqué de trace de brûlure sur ses doigts, mais qui s'attarde sur l'intérieur des dernières phalanges lors d'un échange de banalités ? Il n'est pas du coin, tout le monde est unanime, il n'a pas une once d'accent du Sud. Mais Parisien, Nantais, Lyonnais, aucune idée ! Il avait une petite valise à roulettes, du type homme d'affaires, sobre et sombre. Rien de notable dans sa façon de s'habiller, ni particulièrement élégant, ni débraillé, rien qui marque ou saute aux yeux. L'hôtel ne dispose pas d'un système de vidéosurveillance interne, mais c'est prévu, avec tout ce qui se passe de nos jours, il faut se protéger. Arthur Miller avait-il moyen de le savoir au moment de sélectionner cet établissement, ou fut-ce un coup de chance, le destin qui lui vint en aide dans sa quête d'anonymat ?

Miller a pris son petit déjeuner le vendredi matin, très tôt, il devait être le premier client en salle. En revanche, personne ne l'a vu le samedi matin. Sa chambre était vide, dans un état impeccable, lorsque les femmes de chambre ont toqué à sa porte à leur première rotation, vers 9 h 45. Rien dans les poubelles, le lit fait comme la veille et le porte-clés en laiton bien en évidence, posé sur le bureau : tout semblait indiquer qu'il n'avait pas dormi à l'hôtel la nuit du vendredi au samedi. L'employée de la réception, une dame aux sourcils épais et à l'accent chantant, se souvint de l'avoir vu quitter l'hôtel le vendredi après-midi, sans être en mesure de préciser l'heure. Oui, il tirait sa valise à roulettes, elle en était certaine, puisqu'elle lui avait demandé de ne pas oublier de rendre sa clé, s'il quittait l'hôtel. Il lui avait répondu qu'il avait prévu de passer la nuit ici, mais personne ne se souvenait de l'avoir vu rentrer.

Il est venu, il a vu, et il a disparu.

Au-delà des témoignages, à partir des images de vidéosurveillance de la ville, Grondin a réussi à reconstituer deux séquences, à force d'opiniâtreté et au prix de quelques dioptries. Sur l'une d'elles, on distingue dans un premier temps la silhouette d'Arthur Miller, reconnaissable à sa casquette noire, avec un sac à dos qui semble chargé, en direction du port, à deux pas de l'hôtel. On est vendredi matin, 7 h 50. L'horaire semble cohérent avec les déclarations du personnel de l'hôtel : Miller a été le premier client à prendre son petit déjeuner. Deux heures plus tard, à 9 h 58, on retrouve Arthur, sans sac à dos cette fois, parmi la foule qui se promène en centre-ville. Sur la dernière image exploitable de cette reconstitution, à 10 h 40, on voit Miller portant dans la main droite un sac en plastique blanc orné d'une croix verte. Fin de la séquence du vendredi matin.

Pour le vendredi après-midi, Grondin n'a retrouvé que deux images exploitables. Sur la première, il est 17 h 34, on voit effectivement Arthur Miller tirer une valise à roulettes (la réceptionniste aux sourcils avait bonne mémoire), sur laquelle est accrochée une carte plastifiée. Le cœur de Grondin a battu la chamade : la voilà, son erreur, à monsieur-je-me-cache-de-tout-le-monde, une étiquette bagage avec un nom dessus, et un numéro de téléphone ! À nous deux, Arthur ! Le grossissement manuel ne donnera rien, trop pixelisé, Grondin le sait pertinemment. Aussi demande-t-il un service à un de ses vieux copains du laboratoire de Bobigny. Il ne peut pas solliciter de moyens locaux sans avoir à se justifier avec une procédure ouverte. L'agrandissement déprime Grondin. L'étiquette est en réalité une carte plastifiée noire, emblématique du programme de fidélité d'Air France. Elle ne comporte ni nom, ni numéro de membre, ni téléphone, juste la mention « Flying Blue Platinum », pour signifier aux hôtesses que le propriétaire de ce bagage est un voyageur important, et que ce n'est pas lui qu'il faut embêter pour lui proposer d'enregistrer sa valise lorsque les coffres à bagages débordent lors d'un vol complet. S'il y a un nom, il est *à l'intérieur* de cette étiquette qui s'ouvre en éventail, comme on ouvre un jeu de cartes, pour peu que le titulaire ait rempli ses coordonnées lui-même. Rien à en tirer, sauf à remettre la main sur la valise elle-même. Seconde et dernière image du vendredi, il est 20 h 35, Arthur Miller ne tire plus de valise, il se promène sur le port, et on le devine en train de s'arrêter pour lire les menus des différents restaurants. Après, plus rien, jusqu'au strip-tease du samedi matin à l'aube et l'entrée dans le grand bain, aller simple, sans billet de retour.

Le capitaine Grondin s'est échiné à retrouver le restaurant dans lequel Miller aurait pris son dernier repas, sans résultat. Curieusement, les tenanciers ne sont guère bavards lorsqu'on leur demande s'ils se souviennent d'un client qui aurait dîné seul et payé en liquide, allez comprendre pourquoi ! Vous savez, nous sommes bondés en ce moment, et des hommes seuls, il y en a plus que ce que vous pouvez penser, Capitaine. Impasse complète de ce côté-là. Par acquit de conscience, il s'est rendu à la déchetterie de Nice Ouest, la plus proche de Saint-Jean, dans l'espoir de retrouver le sac à dos ou la valise à roulettes, ou de recueillir un témoignage.

Chou blanc, là encore. Il y a suffisamment de containers volumineux dans les allées de Saint-Jean-Cap-Ferrat, notamment à proximité du port, pour que Miller ait pu se débarrasser de ses affaires sans avoir à se déplacer. Il lui reste la pharmacie, située en plein cœur du village : une officine toute petite, avec un distributeur de préservatifs en devanture, à la croisée de tous les contrastes, coincée entre un magasin de tirages photos hors d'âge et une galerie d'art, en face d'une agence immobilière de luxe.

Grondin écrase sa cigarette sous la semelle de sa chaussure, et glisse le mégot dans le paquet neutre, avec une grimace de dégoût. Ces photos sont vraiment immondes, et il doit lire à chaque clope que fumer provoque la majorité des cancers du poumon. Qu'est-ce qui lui a pris de se remettre au tabac ? Il avale une pastille à la menthe et prend de grandes inspirations avant de pénétrer dans la pharmacie. Il présente sa carte de police à une dame brune, soigneusement coiffée et maquillée, qui arbore une blouse blanche impeccable. Elle est en train de servir un vieux monsieur, et enjoint à Grondin de patienter quelques instants et de respecter une distance d'intimité. Il a tapé juste, c'est la maîtresse des lieux, sans quoi elle n'aurait pas osé le faire attendre. Une fois le client reparti, avec suffisamment de médicaments pour soigner un dispensaire, Grondin entreprend la pharmacienne. Se souvient-elle d'un homme seul, ce vendredi-là, en matinée, arborant une casquette noire ? Bien sûr qu'elle s'en souvient. Pas à cause de la casquette. Parce qu'il a demandé à Jacqueline, sa collaboratrice, de la Xylocaïne injectable, sans ordonnance ! Il était malin, souligne la patronne. Il a essayé de faire croire qu'il devait participer à un séminaire de motivation des cadres de son entreprise, dont la dernière épreuve consistait à marcher sur des braises. Terrorisé à l'idée de ne pas y arriver et des conséquences potentielles sur sa carrière, il imaginait s'injecter un anesthésiant quelques minutes avant l'épreuve, afin de sortir de là auréolé de gloire et de perspectives de promotion ! Un joli baratin, très bien ficelé. Sauf que Jacqueline ne se permettrait jamais de délivrer de la lidocaïne sans prescription médicale, et elle lui avait proposé en substitution une crème anesthésique dermatologique, utilisée avant les épilations ou par les tatoueurs, pour éviter à leur sujet de trop bouger au contact de l'aiguille, sans oublier deux grands tubes de Biafine, au cas où la puissance de l'esprit ne suffirait pas à protéger ses plantes de pied…

Grondin sort de la pharmacie. Après trois semaines d'investigations sur son temps personnel, il récapitule ce qu'il sait. Son noyé est arrivé à l'hôtel des Oursins le jeudi soir. Il n'est pas du coin. Il voyage beaucoup sur Air France. Il s'est débarrassé d'une partie de ses affaires le vendredi matin, avant de se rendre dans une pharmacie. Il a choisi de se brûler l'extrémité des doigts quelque part entre le vendredi 10 h 40 et son bain fatal du samedi avant le lever du soleil. Grondin parie qu'il l'a fait après avoir quitté l'hôtel en tirant sa valise, avant de réapparaître sur le port à 20 h 35. Il a jeté sa valise dans ce même intervalle de temps. Où diable est-il allé pour faire du feu, jusqu'à avoir une braise suffisante pour effacer ses empreintes digitales ? A-t-il souffert en silence ou s'est-il suffisamment éloigné de la ville pour pouvoir crier tout son soûl ? En réalité, Grondin se pose encore davantage de questions qu'il n'a de réponses. Il s'éloigne de la rue commerçante, récupère sa voiture, s'installe au volant, descend la vitre et allume une cigarette, en se promettant d'arrêter de fumer aussitôt qu'il aura identifié son grand voyageur courtois.

Paris

Sorbier est rentré chez lui après cette folie avec Esther, toute la culpabilité du monde sur les épaules, le ventre tordu par l'angoisse. En tournant la clé dans le barillet de sa porte blindée, il était prêt à subir une rafale de questions, auxquelles il avait préparé quelques réponses, qui n'auraient pas résisté bien longtemps à la soif de vérité d'une femme suspicieuse. Mal coiffé, sa chemise et son pantalon froissés, il imaginait que l'odeur d'Esther l'imprégnait encore malgré un savonnage méticuleux de ses doigts, de ses poignets, de son cou, et qu'il était écrit en énorme sur son front : « JE VIENS DE FAIRE L'AMOUR AVEC UNE AUTRE. » Ariane regardait une série et lui avait lancé un « bonsoir mon chéri » mécanique, auquel il avait répondu qu'il était désolé, mais qu'il s'était retrouvé dans un call avec le patron de l'Europe, qu'il était crevé et qu'il allait prendre une douche. Une nuit sans dormir, perturbée par la mauvaise conscience et par l'interrogation, lancinante mais trop tardive: « Est-ce qu'elle prend la pilule ? » Tandis qu'il cherche en vain le sommeil, Sorbier envisage aussi l'éventualité de la séropositivité d'Esther, avant de préférer l'évacuer: avec un seul rapport, la probabilité de contamination est très faible, et il ira se faire tester dans deux semaines pour en avoir le cœur complètement net. Il a passé la nuit à tourner et se retourner dans son lit, tandis qu'Ariane dormait paisiblement, jusqu'à la sonnerie de son téléphone, 6 h 30, la consultation de ses mails et la question quotidienne: chemise blanche, ou bleue ? Il a survécu à la première épreuve. Le remords est-il amoindri par l'impression d'impunité, par la dissipation progressive des conséquences d'une mauvaise action ? Tandis que le rasoir file sur ses joues, il songe à la suite à donner aux événements. La raison voudrait qu'il ait une explication avec Esther, un moment d'égarement, chacun rentre chez soi et cette jolie parenthèse fera des souvenirs pour les longues soirées d'hiver. En est-il seulement capable ? Dieu que c'était bon. Incroyable. Intense. Fou. Lui qui est raisonnable, calculé, contraint par l'ambition, le paraître, il est surpris de la façon dont il a subitement lâché prise. Sa tête lui crie d'arrêter les frais tout de suite, avant la catastrophe: il est le patron direct d'Esther, il maîtrise à la fois sa carrière et sa rémunération, il est dans une position où il ne PEUT pas se permettre d'entretenir une liaison avec elle. Esther peut à tout moment porter plainte pour harcèlement sexuel, et le droit lui donnera raison. Licenciement, amende, prison, il aura beau se débattre et expliquer que c'est elle qui est à l'origine de cette relation, les dégâts seront irrémédiables. Famille éclatée, réputation entachée, il vieillira seul, lâché par sa femme, sa fille, ses amis, ses relations.

Mais tais-toi donc, Jiminy Cricket. Laisse-moi vivre ! Pourquoi diable se priver d'aimer, de laisser libre cours à la passion, de se délecter de cette ivresse nouvelle ? Au nom de quelle morale séculaire devrait-il retourner à sa vie bien rangée et refuser un nouveau départ ?

Étienne est installé confortablement au fond de son taxi, et il regarde le paysage défiler. Depuis combien de temps n'a-t-il pas ainsi contemplé Paris qui s'éveille ? Il a d'ordinaire les yeux rivés sur son téléphone, à répondre à ses mails, à transmettre des instructions lapidaires, à consulter les cours de Bourse de ses clients. Ce matin-là, ses pensées vagabondent, s'entrechoquent, tandis qu'il traverse la place de la Concorde. Quels sont les sentiments qui l'agitent ? Est-ce seulement de l'amour ? Ou un vulgaire symptôme de crise de la cinquantaine, une passade, un adultère méprisable qui vient le bousculer ? Quelles coucheries, aussi délicieuses soient-elles, pourraient valoir de tout foutre en l'air ? Il faudrait qu'il en parle, mais à qui se confier ? Il n'a plus d'amis qu'au bureau, c'est sa vie à présent. Google, à l'aide… Il tape « crise de la cinquantaine » sur le moteur de recherche. Cinq millions de résultats, manifestement, il n'est pas seul ! Conseils psychologiques avisés, livres de développement personnel, offres de coaching pour épouses face à la crise d'adolescence tardive de leur mari, forums de discussion, témoignages, Étienne choisit de se plonger dans la lecture de l'article dédié au « burn out masculin, pour que la crise de la cinquantaine ne ruine pas mon couple ».

Il s'amuse intérieurement de sa sélection, qui apporte en elle-même un élément de réponse. Son couple est indissociable de qui il est. Ariane est son socle, elle a été de tous les combats. Elle ne le place jamais sur un piédestal, elle le guide dans ses choix, sans complaisance, elle le connaît par cœur, elle est sa compagne de vie. D'accord, ils ne font plus l'amour debout dans la cuisine, et alors ? Ils ont un passé, une histoire, des références communes, et ils ont leur fille, Claire. Elle est en colère contre lui, il le sait bien, contre la banque qui a phagocyté son père, mais il continue d'espérer se rapprocher d'elle demain, un jour, plus tard. Si elle venait à apprendre qu'il a une liaison avec une salariée de la banque, il pourrait dire au revoir à toute communication avec elle. Elle le mépriserait, le jugerait et le condamnerait à l'exil à perpétuité. Impardonnable à ses yeux. Alors quoi ? Pourquoi prendre un tel risque ? Pourquoi encourir de tout faire péter ? Pourquoi ? Pour une fille de vingt-cinq ans de moins que lui ? Pour que tout le monde se foute de sa gueule ? Il va acheter une Porsche décapotable, aussi ? Sortir en boîte et faire péter les magnums de champagne ? Fumer du shit ? Comment s'appelait ce film avec Alain Chabat ? Ah oui, *Les Gamins*. Ils avaient tellement ri avec Ariane, en le regardant. Une crise d'adolescence XXL, toutes les conneries du monde, pour s'apercevoir à la fin qu'il n'y a là qu'un miroir aux alouettes. Une jolie petite morale : mieux vaut réinventer son couple que tout envoyer valser, pour des futilités ou une aventure dont on se lasse aussi vite qu'on s'en est entiché. Morale judéo-chrétienne ou pragmatisme ? Le taxi est arrivé au pied des bureaux de Richter & Co. Sorbier se promet d'être raisonnable, d'en rester là. Pas de drame. Pas de cris. Pas de vagues. Une erreur. Une simple erreur, qui n'aura aucune conséquence s'il réussit à la conserver confidentielle. Il ne dira rien à Ariane. Pas de confession, d'acte de contrition ni de demande de pardon. L'hypocrisie américaine le révulse ; il lui préfère les secrets de famille à la française, bien enfouis. Pourquoi aller faire du mal, inutilement ? Il briserait la confiance et plus rien ne serait jamais comme avant. Non, décidément, il ne s'est rien passé, rien de grave en tout cas. À lui de vivre avec ce sentiment de culpabilité, dont il sent qu'il s'estompera avec le temps.

Il reste à faire comprendre à Esther qu'il n'envisage pas de donner suite à leur folie de la veille. Étienne appréhende une scène, des larmes, des cris. Doit-il fuir la confrontation, confier la transmission du message au silence et à l'absence ? Ou au contraire faut-il organiser au plus vite une séance de purge, libérer la parole, laisser Esther lui déverser ce qu'elle a sur le cœur et lui opposer la somme des arguments raisonnables qu'il vient de rassembler ? Son agenda va décider pour lui : il a une réunion d'équipe sur un projet de financement complexe à 14 heures, à laquelle il ne peut se soustraire. Esther sera là, et il devra d'une manière ou d'une autre lui faire admettre sa décision.

La matinée file et Étienne tâche de s'absorber dans le travail, en vain. Sa résolution vacille. Il ne pense qu'à Esther, à la magie de ce moment de la veille, à la douceur de ses lèvres, à l'intensité de vie qui le traverse : son cœur bat plus fort, son ventre se noue, il éprouve angoisse, joie, peur, espoir, attente, questionnement, il est bousculé par des émotions, lui, cet homme en titane. Il a beau lutter, songer à Ariane et Claire, les deux femmes de sa vie, à leur détresse d'avoir un époux et un père si méprisable, rien n'y fait. Il déteste sa faiblesse. Lorsque Esther pénètre dans son bureau, à 14 heures, avec le reste de l'équipe, son cœur s'accélère encore. Les cheveux relevés, sans maquillage, habillée en tailleur pantalon avec un haut ras du cou. Étienne en vient à s'inquiéter : et si elle ne voulait plus de lui ? N'essaye-t-elle pas de lui envoyer un message ? Je ne désire pas aller plus loin, revenons à des relations professionnelles. Dans un sens, voilà qui l'arrangerait. Mais depuis qu'elle est entrée dans la pièce, Sorbier est comme hypnotisé. Il n'a qu'une envie, demander à tous les autres de dégager, se retrouver seul avec elle, l'enlacer et l'emmener voir la mer. Il visualise la scène du film *Il était une fois en Amérique*, où Robert de Niro réserve l'intégralité d'un restaurant en bord de mer pour déclarer sa flamme à celle qu'il aime. Ridicule. Il tente en vain de se concentrer et de s'intéresser à la palette des différentes options que lui présente le Director, mais rien à faire, il s'en fout. Il se fout de son client. Il se fout des modalités du deal. Il se contrefout du niveau de retour. Il se fout de son équipe qui travaille seize heures par jour. Il se fout de sa femme et de sa fille. Il se fout de tout. Il est amoureux.

Nice

Un mois déjà que Grondin cherche. Qu'il fouille, en solitaire. Il ne peut mobiliser aucune ressource des services de la police, sous peine d'une sévère réprimande de sa hiérarchie. Il fait bien son travail de flic de terrain, avec son groupe qui le respecte sans se prendre d'affection pour ce géant solitaire. Il est tellement habité par le mystère Miller qu'il néglige tout ce qui n'est pas en lien direct avec une enquête. Il ne va pas boire un coup avec son équipe après avoir « sauté » en flagrant délit le braqueur de distributeurs automatiques qu'ils filochaient nuit et jour depuis deux semaines, une intervention chaude, le voyou ayant déjà tué deux dabistes qui avaient tenté de résister. Il ne reste pas à la caserne pour fêter l'anniversaire du jeune stagiaire, qui pourra bientôt arborer les galons de lieutenant de police. Il n'a même pas l'excuse d'une vie de famille à préserver. Il ne se justifie pas, d'ailleurs, et retourne chez lui, pour ressasser son obsession et échafauder de nouvelles théories, en vain. Il fume, pour occuper ses mains et alimenter son cerveau en nicotine. Pourquoi cette affaire le hante-t-elle tant ? Elle le renvoie à sa condition de flic célibataire sans enfant. Il ne restera rien de lui lorsque viendra son tour de disparaître. Quelques mots du directeur général de la police nationale, s'il a l'heur de mourir en service, un drapeau plié sur le couvercle du cercueil, voilà qui aurait une certaine allure. Sinon, qui pour pleurer à son enterrement ? Les collègues de Bobigny, Tanguy, son copain de l'école primaire des Lilas, devenu professeur d'histoire-géographie au collège, à Rosny-sous-Bois, un vrai héros des temps modernes, croyant dur comme fer à l'éducation et à l'ascenseur social, et puis son frère, qui viendrait d'Écosse pour l'occasion. Personne d'autre. Plus de parents, pas de femme, pas d'ex, pas de descendance. Alors cherche, Grondin, et trouve. Rends-toi utile tant que tu es là. Ou finis-en tout de suite et tire-toi une balle, au lieu de te suicider à petit feu à coup de goudrons qui polluent tes poumons.

Il n'a plus personne à interroger. Il a fait le tour de l'ensemble du personnel de l'hôtel « Les Oursins », il a questionné les restaurateurs et les tenanciers de bistrots du coin, avec des captures d'écran des images de vidéosurveillance, pour leur demander si ces photos leur rappelaient un client, de même dans les supérettes, il a également rendu visite aux curés des trois églises du village pour les interroger, savoir s'ils avaient eu par hasard son Arthur Miller en confession, en vain. Il se souvient d'avoir vu dix fois « The Lady Vanishes », *Une femme disparaît*, d'Alfred Hitchcock, diffusé dans le cadre d'une rétrospective de sa période londonienne. Le film était enregistré sur une cassette VHS qui s'abîmait un peu plus à chaque nouvelle lecture, jusqu'à ce que la bande magnétique rende l'âme. C'est lui qui est en train de s'user à présent, avec cet homme qui tenait tant à disparaître.

Grondin noircit du papier. Il établit une liste des motifs pour lesquels un homme pourrait souhaiter être rayé de la communauté des vivants, et effacer toute trace de son passage sur terre :

1) Miller est Xavier Dupont de Ligonnès, l'homme le plus recherché de France (non – son ADN aurait été « matché » comme proche de ses enfants, impossible que le fichier central ait loupé ça. À moins que les enfants de Ligonnès n'aient en réalité pas été les siens – on ne sait jamais ?)

2) Un meurtrier, crime passionnel, un nouveau Jean-Claude Romand, le fameux « adversaire », dont les meurtres n'ont pas encore été découverts et qui a vu le filet se resserrer autour de lui ?

3) Un homme d'affaires criblé de dettes, qui a imaginé disparaître pour que sa famille échappe à ses créanciers.

4) Un romantique, malade, condamné à mort, qui a fait croire à sa douce qu'il la quittait pour ne pas la faire souffrir, à la façon d'Albert Dupontel dans *Deux jours à tuer*.

5) Un dingue, et puis c'est tout (trop facile).

6) Un terroriste repenti, miné par le remords (mouais, loin du profil, et pas sûr qu'Abou Bakr al-Baghdadi soit titulaire d'une carte Flying Blue).

Grondin pose son stylo. Son trait d'humour intérieur sur le terroriste et sa carte Platinum vient de lui imposer une révélation.

Quel con ! Mais comment n'y a-t-il pas songé plus tôt ?

Un grand voyageur, ça voyage, ça vole, ça réserve des billets.

Alors qu'un mort, ça ne vole plus.

Il est là, Miller, pas besoin de chercher plus loin : il suffit à Grondin d'obtenir la liste des membres Platinum de Flying Blue qui n'ont plus pris un avion depuis deux mois. Son Arthur figurera parmi ceux-là, à coup sûr. Grondin sort une cigarette, la tapote par le bout filtre sur sa table, pour tasser le tabac, et l'allume avec un sentiment de plénitude. Il touche au but.

Paris

Il n'y a plus guère qu'Ariane qui ne soit pas au courant. Tout le bureau parisien de Richter & Co bruisse de la rumeur : Étienne Sorbier entretient une liaison avec Esther Goetz. Le patron de la France avec une analyste ! Plus de vingt-cinq ans d'écart… Les tourtereaux ont beau faire preuve de discrétion, ne jamais arriver à l'hôtel en même temps, quitter la chambre l'un après l'autre en respectant un intervalle d'au moins dix minutes, ne pas s'envoyer de textos mais préférer les messages privés de Skype, sans notification ni aperçu, ne pas s'afficher ensemble au restaurant, certains signes ne trompent pas. Il aura suffi que Sorbier s'oppose à ce qu'Esther soit impliquée sur trois deals à la fois, ce qui est monnaie courante après quelques mois, au prétexte d'une trop grande « fragilité psychologique », pour que ce que tout le monde subodorait depuis quelque temps devienne une évidence.

Depuis quand Sorbier intervient-il dans une affaire d'affectation de junior, pour arbitrer en *défaveur* d'une équipe qui affirme avoir besoin de ressources pour finaliser un « pitch » et obtenir un mandat auprès du client d'une banque concurrente ? En un rien de temps, leurs amours deviennent le premier sujet de conversation dans les cafétérias, alimenté par les jalousies et les remarques perfides sur le soudain manque d'implication de Sorbier dans la gestion quotidienne de la banque. Tout concorde : alors que la bataille fait rage pour la nomination du nouveau patron de Richter & Co pour l'Europe, Sorbier, candidat naturel, ne voyage pas dans les bureaux de Londres, de Milan, de Francfort et de Madrid pour faire campagne, arguant que les soutiens des Managing Directors se récoltent au mérite et aux honoraires générés, pas à la distribution de tracts électoraux sur les marchés ni à l'organisation de meetings !

Ariane ne se doute de rien à ce stade, qui bénéficie d'un surcroît d'attention et de présence de son mari. Étienne compense la culpabilité intérieure qui l'écartèle par quelques bouquets impromptus et invitations au restaurant. Il aime Esther, croit-il, mais son affection pour son épouse demeure intacte. Combien de temps cette situation peut-elle durer ? Il n'en sait rien. Il chérit chaque moment passé avec Esther, en voudrait plus, mais demeure dans un schéma loin de toute prise de risque. Pas de départ en week-end impromptu, pas d'escapade à Venise, pas de dîner dans un restaurant où Étienne pourrait être surpris par une relation d'affaires, non, Esther et lui se voient entre les quatre murs d'une chambre d'hôtel. Seule folie – et quelle folie –, Étienne réserve un palace différent à chaque fois et ne donne l'adresse qu'au taxi qui vient chercher Esther, de façon à ménager un effet de surprise. À vingt-cinq ans, Esther a visité les suites du Ritz, du Crillon, du Plazza, du Bristol, du Shangri-La, du Meurice, du George V, autant d'hôtels de luxe dans lesquels ses parents n'oseraient même pas visiter le hall d'accueil, de peur d'être toisés par un sbire méprisant leur signifiant qu'ils ont dû se tromper de destination. Esther, elle, semble émerveillée à chaque visite et paraît goûter chaque instant aux côtés de son amant. Elle ne se lasse pas de ces rendez-vous de vaudeville, du moins ne signifie-t-elle jamais à Étienne qu'elle aspire à autre chose qu'à ce traitement de poule de luxe. Sorbier se ment. Tout va bien. Ariane ne sait rien. Claire ne peut pas imaginer son père aimer quoi que ce soit d'autre que son travail. Esther est heureuse. Quant à lui, bien entendu, il va être nommé patron de l'Europe, sur ses simples mérites. Comme si tant d'années en politique ne lui avaient pas appris qu'être le mieux armé pour un poste vient en toute dernière position dans la hiérarchie des critères de choix.

Loin de la situation équilibrée que se figure Étienne, Esther traverse des périodes compliquées, alternant joie, surexcitation, dépression, rancœur, espoir, amour et haine. Elle déteste Ariane et Claire, ses ennemies, ses concurrentes, autant d'obstacles en travers de son amour fou. Chaque minute passée loin d'Étienne est une souffrance, décuplée lorsqu'elle le sait en famille. Jamais elle n'a aimé avec une telle intensité. Elle ne pense qu'à lui, le pare de toutes les qualités et n'imagine plus un instant sa vie sans lui. Elle admire cet homme et n'en revient toujours pas qu'il éprouve des sentiments à son égard. Elle, tant raillée et moquée pour ses allures de provinciale, pour ses origines, elle que ses camarades de Centrale ont humiliée, commentant son peu d'entrain au lit, elle que Sébastien Thévenin prenait plaisir à torturer pendant le projet BrightStone, elle qui commençait à se dire que l'amour, c'était pour les autres. Elle a découvert dans les bras d'Étienne que le plaisir pouvait l'envahir de la tête aux pieds, la submerger, tendre son corps tout entier et lui faire perdre toute forme de contrôle. Comment a-t-elle pu croire que la jouissance se limitait à ces quelques tressautements avec ses amants précédents ? Elle vibre avec Sorbier. Elle vit avec lui, comme elle n'a jamais vécu jusqu'alors, tout est plus fort à ses côtés. Chaque moment passé dans les chambres des palaces la comble, et elle voudrait que ces instants ne cessent jamais. Dès qu'Étienne remet sa montre à son poignet, signe que la parenthèse se ferme, elle retient ses larmes. Il part.

À chaque fois, il la quitte en premier. Esther, après avoir fait bonne figure, s'effondre. Elle reste prostrée sur le lit, pelotonnée sur l'oreiller, avant de se lever et de se diriger vers la salle de bains, toujours magnifique, censée accueillir les grands de ce monde. Elle pleure sous la douche comme une malheureuse, à mesure que l'odeur d'Étienne disparaît de sa peau. Tandis qu'elle règle le mitigeur pour faire grimper la température du jet, jusqu'à se brûler, Étienne retourne au bureau, ou pire, chez lui. Il va embrasser sa femme, appeler sa fille. Avec elles il peut sortir, aller au théâtre, au cinéma, vagabonder dans des expositions, partir en week-end visiter les châteaux de la Loire ou voir la mer. Elle voudrait des vacances avec lui. Non, pas des vacances. La vie tout entière. Elle veut être à ses côtés, partager son quotidien. Elle veut leurs parenthèses riches d'ivresse et de sexe ET tout le reste, la tendresse, les attentions, les cadeaux, les fêtes, les maladies, les inquiétudes, les tourments, les joies, la peine, la cuisine, les courses, les anniversaires, les plateaux télé, les promenades sous le soleil d'hiver, la maison de campagne où l'on ne va jamais, être près de lui le jour de l'enterrement de son père ou du mariage de sa fille, elle veut pouvoir l'appeler sans se cacher, entendre sa voix au milieu de la nuit, l'inviter à son dîner d'anniversaire, elle veut tout. Et elle n'a rien. Les rares week-ends où elle rend visite à ses parents à Auxerre, elle regarde son Skype toutes les dix minutes, prétextant des impératifs professionnels. Sa mère s'inquiète de la voir ainsi dépendante de son téléphone, mais elle se console : sa fille n'a jamais été aussi belle, rayonnante, décidément les choses ont bien changé depuis qu'elle s'est rendue à son chevet à l'hôpital. Ce Sorbier a tenu parole, et sa fille semble à présent s'épanouir chez Richter & Co.

Pour Esther, chaque week-end est une souffrance. Que ce soit chez ses parents, ou chez elle, dans son deux-pièces sous les toits aux Abbesses, Étienne lui manque viscéralement. Il lui écrit à peine, occupé par sa femme et sa fille, à vivre une existence qu'elle jalouse. Elle prend l'air sur son petit balcon, et observe Paris qui vibre, les amoureux qui rient et s'embrassent sur les trottoirs, tassés devant les bars de la rue des Trois Frères. Elle ne peut parler à personne de cet amour à mi-temps, à mi-temps, tu parles, à dixième de temps, oui !

Elle souffre mais ne dit rien. Elle a écumé les forums de discussion, le seul endroit où elle puisse partager sa peine avec d'autres femmes dans la même situation, celle de la maîtresse cachée, adorée, aimée, mais jamais révélée. Les conseils sont unanimes : pour le garder, cet amant magnifique, il convient d'être celle avec qui le temps est toujours beau, pas d'orages, pas de crise de jalousie, pas d'ultimatum, pas de chantage affectif, au risque de précipiter le retour au bercail du mari effrayé. Soit il fera le chemin seul, soit il ne le fera pas. Attendre. Espérer. Ronger son frein. Être une amante passionnée, goûter tous les moments volés, et jouir de son statut de « mieux aimée ». Esther suit cette ligne de conduite, alternant les instants d'ivresse avec Sorbier et ceux de cafard, dès qu'elle est seule. Elle tient le choc dans ces montagnes russes parce qu'elle demeure persuadée qu'Étienne finira par quitter Ariane, une fois que Claire aura accédé au conservatoire d'art dramatique, au cours Florent, quelque part, qu'elle sera vraiment installée dans son existence. L'affaire de deux ou trois ans, encore. Une éternité. Mais il n'y a aucune alternative à ses yeux, dans la mesure où elle ne peut imaginer la vie sans Sorbier. Il y a eu un « avant » Étienne, il ne pourra pas y avoir un « après ».

Combien de fois a-t-elle imaginé la scène : Ariane, il faut que je te parle. J'ai rencontré quelqu'un. Je suis venu te dire que je m'en vais. Tu n'y peux rien. Je n'y peux rien. Je ne l'ai pas cherché. C'est arrivé, c'est tout. Je l'aime et je ne peux plus envisager ma vie sans elle. Ne me maudis pas, je t'en prie. Ne te maudis pas, non plus. Je n'ai passé que des moments merveilleux avec toi. Tu n'as rien à te reprocher, mais je ne peux plus te mentir. Je ne veux plus me cacher, ni vis-à-vis de toi, ni vis-à-vis de Claire. Je l'aimerai toujours, même si je n'ai pas été très doué avec elle, jusque-là, je le sais bien. Je pars, Ariane. Tu ne manqueras de rien, et Claire non plus, je te le promets. Si tu le veux bien, nous réglerons tout ça à l'amiable, d'ici quelque temps. Tu me diras ce que tu souhaites, et tu l'auras. Je m'y engage. Tu as le droit de me haïr, de me trouver égoïste, minable, pathétique. Mais ce serait pire de rester pour les convenances, pour la façade. Je ne t'aime plus, Ariane, mais j'aime ce que nous avons construit, j'aime la vie que nous avons menée toi et moi. Déteste-moi si tu veux, mais ne nous déteste pas. Si je reste avec toi, tout ça ne sera plus qu'amertume et regrets, reproches et colère.

La suite, la réaction d'Ariane, elle ne la connaît pas. Lui répondra-t-elle « Tu as tout dit, que veux-tu que je conteste ? Tu as décidé pour nous. Oui, tu es un gros con, minable et égoïste. Pars, va vivre cette folle aventure que tu désires plus que tout, plus que nous. Mais sache que lorsque tu auras franchi la porte, il n'y aura plus de retour possible » ? Se jettera-t-elle à ses pieds en pleurant « Ne me quitte pas, je n'y arriverai pas sans toi » ? Lui balancera-t-elle la vaisselle à la tête en l'agonisant d'insultes ? Elle est incapable de prévoir la réaction de l'épouse abandonnée, et peu lui chaut. La seule chose qui importe, dans le Cinémascope personnel d'Esther, c'est la suite : une escapade à Venise, le choix d'un nouvel appartement, son aménagement, la pendaison de crémaillère, l'officialisation de leur relation, et un enfant, oh oui, un petit garçon, un Étienne miniature. Le mariage ? Esther n'y compte pas vraiment, elle sait qu'il faudra du temps à Sorbier pour divorcer, et, pour la génération à laquelle elle appartient, l'achat d'un appartement en commun équivaut souvent à un engagement plus solennel que le passage devant le maire ou le curé.

Nice

Grondin rentre enfin chez lui, après une nuit interminable à planquer en voiture devant une villa sur les hauteurs d'Antibes, supposée servir de refuge à deux braqueurs parisiens en cavale. D'après les informations transmises par Paris, ils devaient y arriver entre minuit et 4 heures du matin. Le dispositif de filature avait été pris en défaut, et Paris comptait sur les collègues niçois pour rattraper le coup. Une Range Rover vert bouteille, avec une immatriculation bidon. Tuyau crevé, comme souvent. Les indics aiment bien faire perdre des heures de sommeil aux policiers qui les maltraitent… Personne dans la maison, pas un bruit, pas une allée et venue, rien. Bilan des courses : une nuit entière à deux dans une Megane, sans pouvoir allumer une cigarette, Grondin a terminé le service perclus de courbatures et sur les nerfs. Il est rentré chez lui à pied, allumant clope sur clope pendant le trajet.

Assis à la table ronde pliante Ikea qui fait office de table à manger, de bureau, de table basse et de vide-poches, il boit son café en regardant encore et toujours les photos d'Arthur Miller. Il devrait dormir. Pourtant il n'y arrive pas. Reprendre le café en même temps que la cigarette ne l'aide pas. Il est bloqué, hanté par ce visage déformé, comme gonflé à l'hélium, qui lui rappelle l'affiche de *Elephant Man*. Qui es-tu ?

Ses premières recherches après la révélation liée au programme de fidélité voyageur lui ont permis de comprendre l'océan qui lui reste à faire bouillir : il y a vingt-huit millions de porteurs de carte Flying Blue dans le monde, dont une quinzaine en France. Formidable, on avance à pas de géant. Ne pas déprimer tout de suite. Continuer, avec obstination. Resserrer les mailles du filet. Il aimerait bien, Grondin, mais il ne peut pas : impossible de trouver sur des sources publiques le nombre de porteurs de carte Platinum, celle réservée aux voyageurs les plus fréquents. En revanche, le policier sait tout sur les modes d'obtention de ce statut privilégié. Il n'est pas près de pouvoir y prétendre, lui qui n'a jamais voyagé en business ni même survolé l'Atlantique. Vu sa taille, deux heures dans un avion sont un supplice qu'il a décidé de ne plus s'infliger.

Alors il a passé une première série de coups de fil, en tâchant de demeurer discret. Il a rappelé, ensuite. Il a sollicité des collègues, qui ont des amis, des accointances, qui ont des relations à la Police aux Frontières, et, partant, dans des compagnies aériennes dont la compagnie nationale. Et ce matin, enfin, après cette nuit de merde, alors qu'il avale la dernière gorgée de son café, son téléphone carillonne pour lui signaler un message WhatsApp : ce sont les chiffres qu'il attendait avec gourmandise ! En France, sur les quinze millions de membres Flying blue, seuls deux millions environ sont considérés comme actifs, c'est-à-dire ayant effectué au moins un vol sur les douze derniers mois. Cela, Grondin n'en a cure. La suite, en revanche, tient du Graal : selon une source bien informée, il y aurait plus de cent cinquante mille membres Platinum dans le monde, dont environ cinquante mille actifs en France. Pour tromper l'ennui, Grondin avait effectué quelques simulations, et il était loin du compte ! Il n'imaginait pas qu'en France seulement, plus de dix mille personnes prenaient un vol transatlantique en classe affaires chaque mois, ou cinq vols moyen-courrier par mois en classe économique… Vie de merde, tiens. Pour rien au monde il n'aurait aimé l'avoir dans son portefeuille, cette carte.

Cinquante mille personnes, donc. Voilà qui fait beaucoup moins que quinze millions. Mais cela reste énorme. D'autant que le fichier de ces clients fidèles n'est accessible qu'à un nombre limité de collaborateurs chez Air France. Sans les super- pouvoirs de la police, Grondin sait qu'il n'arrivera à rien. En revanche, s'il effectue une réquisition, il obtiendra des réponses claires, qui lui permettront de confirmer – ou non – son hypothèse. À qui l'adresser ? Au directeur de Flying Blue. Deux coups de moteur de recherche, hop, c'est trouvé. Son email ? prénom.nom@airfrance.com, rien de bien sorcier. Reste le hic, hélas. Pour que la réquisition soit valide, il faut une enquête préliminaire, ouverte par le parquet. Armelle Husson a été claire sur le sujet, et le lui a fait répéter. Elle a fermé le dossier. Plus d'enquête. À la niche, le chien. Mais Grondin sent l'odeur du gibier, là, tout proche. Quel est le risque pour une réquisition non légitimée par une demande du parquet ? Très simple : les éléments trouvés par l'intermédiaire de cette réquisition ne pourront être versés au dossier, aucun juge ne saurait les accepter. Dans cette affaire, il n'y a pas de dossier. Il n'y aura pas de mise en examen, pas d'accusé, pas de procès. Enfin, sauf si Arthur Miller se trouve être lui-même un assassin, mais Grondin évacue cette éventualité. En fait, il ne risque rien. Presque rien. Si le récipiendaire de la réquisition en parle à Armelle Husson, il est cuit. Plus de carrière, plus de police judiciaire, à peine bon pour la circulation les jours de grève des transports en commun, Grondin ! Existe-t-il une chance pour que le directeur du programme de fidélisation d'Air France et la procureure de Nice se connaissent, se croisent, discutent au téléphone ? Cette chance existe. De même que la probabilité qu'il développe un cancer du poumon est plus forte depuis qu'il s'est remis à fumer.

Malgré la fatigue, Grondin enfile à nouveau son blouson et retourne au bureau, toujours à pied, en réfléchissant à la formulation précise de sa requête. Pour la date, c'est facile, les images de l'entrée à l'eau de Miller datent du 17 juin. En revanche, il doit être spécifique sur les critères de tri qu'il va demander s'il veut pouvoir exploiter les résultats. Arrivé à la caserne, Grondin croque trois pastilles de menthe pour rafraîchir son haleine méphitique, monte les étages au pas de course et se précipite pour allumer son ordinateur, maudissant la lenteur du démarrage système et la rotation interminable de ces lamelles qui lui tape sur le système. Enfin, l'écran d'accueil apparaît et Grondin reprend une réquisition précédente. Ses doigts parcourent le clavier avec agilité, même s'ils hésitent au moment d'entrer le faux numéro d'enquête préliminaire visant à garantir le soutien du parquet. Grondin s'y reprend à plusieurs fois pour formuler les caractéristiques précises des individus qu'il recherche, et se relit avec application :

Nice, le 14 septembre 2018

RÉQUISITION JUDICIAIRE

Nous, Christophe Grondin, capitaine de Police

Chef de groupe de la police judiciaire à la caserne d'Auvare, brigade criminelle

Dans le cadre de l'enquête préliminaire 2018/346 diligentée par le parquet de Nice concernant des faits d'homicide.

Et conformément aux instructions de Madame Armelle Husson, procureure de la République de Nice

PRIONS ET AU BESOIN REQUÉRONS

Monsieur Serge Blancard – Directeur de la fidélisation clients (Flying Blue)

Groupe Air France

Mail : serge.blancard@airfrance.com

À l'effet de procéder aux actes suivants

Bien vouloir :

— **Recherche**r, parmi les porteurs de sexe masculin de la carte « Flying Blue Platinum », les individus de nationalité française, suisse ou belge, qui n'ont pas effectué un voyage sur Air France ou une compagnie partenaire de Flying Blue, ni effectué aucune réservation pour des dates ultérieures sur Air France ou une compagnie partenaire de Flying Blue, et ce depuis le 20 juin 2018 :

— **Nous communiquer en retour**, par mail, sous huitaine les résultats de cette recherche, sous format de fichier tableur avec les champs suivants :

Nom / Prénom / Date de Naissance / Adresse du domicile / Adresse mail / Numéro de la carte Flying Blue Platinum / Nombre de miles sur le compte / Numéro de passeport (si disponible) / Trois derniers voyages effectués sur une compagnie partenaire de Flying Blue

Pour sa décharge et pour qu'il n'en ignore, lui adressons la présente réquisition.

Le Capitaine de Police
Christophe Grondin

Il n'a jamais compris le charabia qui conclut le formulaire de réquisition. Ces mots doivent être là pour impressionner le récipiendaire, lui rappeler qu'il a face à lui l'administration tout entière, qu'il est inutile de résister, de lutter, de récriminer. Il faut exécuter la réquisition. Le mail est prêt, à présent. La souris glisse sur la case « Envoyer ». Une somme d'emmerdes inconcevables en perspective s'il se fait choper. Il est las, Grondin. Pas un jour de vacances depuis qu'il est arrivé, un sommeil agité, et la clope par-dessus tout ça. Il faut qu'il sache. Parole d'ivrogne, il arrêtera de fumer s'il découvre enfin qui se cache derrière Arthur Miller.

Envoyer. Clic.

Paris

La nomination de Domenikus Hauser au poste d'Executive Director pour l'Europe dévaste Étienne Sorbier. Il voulait ce job. Il méritait cette promotion. Le P-DG de la banque, Michael Perkins, n'a même pas pris le soin de lui passer un coup de fil avant de publier la note interne d'organisation. Pour Sorbier, il s'agit d'une humiliation, et les regards compatissants des autres Managing Directors à Paris alimentent son ressentiment. Un Allemand, par-dessus le marché ! Hauser est à la tête des différentes activités germaniques depuis deux ans à peine, ses résultats sont largement en-dessous de ceux obtenus par Sorbier à Paris, il a fait toute sa carrière chez Richter & Co, ne dispose d'aucune connexion avec les pouvoirs politiques outre-Rhin quand Étienne a dans son répertoire le portable du président de la République française, ses notes aux enquêtes d'engagement des collaborateurs sont bien inférieures, bref, aux yeux d'Étienne, Hauser est un usurpateur. Personne n'ose dire à Sorbier : « Tu as sans doute raison, Hauser est moins qualifié que toi pour le job, mais lui ne couche pas avec le payroll[1]. »

Pour Étienne, cette nomination marque la fin de sa carrière chez Richter & Co. Hauser va s'empresser de nommer un nouveau patron pour la France, et le mettre sur la touche. Il ne manquerait plus qu'il choisisse Thévenin pour lui succéder, et la coupe serait pleine. Sorbier ne se fait aucune illusion. Il a bien vu ce qu'il est advenu de celui qu'il a lui-même remplacé il y a cinq ans. Les transitions chez Richter & Co sont d'une brutalité sans nom, sans intention particulière de nuire. C'est la règle, simplement. Les rôles de leadership et de management ont vocation à faire l'objet de rotations, et nul n'est préservé de cette coutume. Pour certains, quitter ces responsabilités dans la gestion de la banque est un soulagement, et ils sont contents de retrouver du temps pour mieux s'occuper de leurs clients. Pour d'autres, dont le pouvoir est l'essence, l'abandon de ces postes de direction équivaut à une déchéance.

Esther tente bien de réconforter Sorbier, mais ses mots tombent à côté. Que peut-elle comprendre de

1. Expression typique d'une grande entreprise américaine : « Don't fuck the payroll » – ne pas coucher avec les employés.

la souffrance d'un homme de vingt-cinq ans de plus qu'elle à qui l'on vient de dire merci pour tout ce que vous avez fait, maintenant, place aux autres ? Elle incarne la génération d'après, pas encore de celle qui le pousse dehors, mais elle est l'avenir et lui le passé. Non, la perspective de passer plus de temps avec Esther ne console pas Étienne de cette blessure d'ego. Il n'a pas besoin d'être consolé, d'ailleurs. Il a besoin d'être compris, accompagné, réconforté dans ce qu'il est, de s'estimer heureux et fier de ce qu'il a accompli et pas frustré de ce qu'il ne deviendra plus. Comment une aussi jeune femme pourrait-elle satisfaire ces exigences nouvelles ? Étienne sort encore plus démoralisé de leurs parenthèses ludiques. Le sexe lui semble dérisoire, et le ramène à ses turpitudes. Après avoir joui, il se sent minable et pathétique. Voilà tout ce dont il est capable ? Faire le beau auprès d'une gamine ? Rendre folle amoureuse une donzelle dont il est le patron, abuser de sa détresse psychologique pour satisfaire ses bas instincts ? Il se dégoûte. Le sentiment de trahison vis-à-vis d'Ariane s'amplifie à mesure que sa relation avec Esther se prolonge. Il s'est cru amoureux. L'épreuve qu'il traverse agit comme un révélateur, et lui démontre la superficialité des sentiments qui le lient à Esther. Seule Ariane sait trouver les mots et les attitudes qui apaisent. Ariane, qui a bien du mal à s'expliquer ce subit revers chez Richter & Co, d'ailleurs, mais qui ne partage pas ses propres interrogations avec son mari, tout entière occupée à tâcher de le remettre sur pied.

Pourtant Étienne continue à voir Esther, avec moins d'entrain à chaque fois mais il ne parvient pas à couper les ponts. Arrêter le pouvoir et la baise en même temps, il ne s'en sent pas capable. Il la voit presque par obligation, comme il irait à la salle de sport, pour ne pas perdre une forme d'hygiène de vie. Esther ne se rend compte de rien. Elle ne comprend pas l'ampleur de la faille qui vient de fendre le bloc de granite Étienne Sorbier. Elle se figure à l'inverse que ce revers représente une occasion unique pour son amant. Étienne n'a plus à se préoccuper d'acceptabilité sociale, le voici désencombré de ses obligations. Il peut désormais vivre sa vie, pleinement, avec elle. Il n'attendait que cela, au fond de lui, mais il n'osait pas franchir le pas. Il parlait de tout arrêter, de toute façon, pour écrire une thèse, enseigner à Sciences Po, en finir avec cette vie où la roue tourne toujours plus vite. Eh bien le voilà, l'élément déclencheur ! Esther n'a pas intégré que les atermoiements d'Étienne étaient purement rhétoriques, qu'un homme de pouvoir comme lui ne raccrocherait pour rien au monde. Insouciante, inconsciente, elle accueille la nomination de l'Allemand avec optimisme. Elle veut accompagner Sorbier dans ses projets, et peu lui importe qu'il soit Managing Director à Paris, patron de l'Europe, enseignant ou coach indépendant. Elle l'aime.

L'amour qu'elle éprouve pour Étienne vit et grandit en elle. Elle va enfin pouvoir lui annoncer ce qu'elle a découvert, une semaine tout juste après la nomination de Hauser. Elle n'a pas voulu en parler tout de suite à Sorbier, il fallait qu'elle réfléchisse, qu'elle rassemble ses pensées, et qu'elle laisse passer la première onde de choc pour Étienne. Elle se sent prête désormais. Toutes les planètes sont alignées pour qu'il change de vie, décidément, la coïncidence est trop troublante pour n'être pas un signe du destin. Elle est enceinte. Elle ne voulait pas y croire, mais elle a effectué le test deux fois, avec deux révélateurs différents. Une fois deux traits parallèles, une fois une croix, pas de doute. Elle attend un enfant de Sorbier. Elle a pris une photo avec les deux tubes en plastique : la première page du premier album de bébé. Comment est-ce arrivé ? Elle ne saurait l'expliquer. Elle ne l'a pas fait intentionnellement. Elle a oublié une pilule, une fois, et elle n'a pas eu le front de demander à Étienne de se protéger jusqu'à la fin du cycle. Il aurait fallu lui avouer cet oubli, et elle n'avait pas envie de cet instant, même fugace, où il l'aurait regardée comme une écervelée, une petite fille, une tête de linotte, fût-ce avec bienveillance. Chaque fois que leurs rapports se rapprochaient d'un lien père-fille,

Esther se sentait meurtrie, rabaissée et dévalorisée… Elle avait préféré s'en remettre à la statistique. Une pilule, une seule. À combien de femmes ça arrive chaque jour, sans conséquence? Elle avait joué, et elle avait perdu. Elle en avait pleuré. Enceinte. Et dire qu'elle aurait dû sauter de joie, faire la surprise à Étienne, appeler sa mère! Au lieu de cela, elle était demeurée prostrée, recroquevillée sur elle-même un long moment, à se demander quelle suite donner. Elle avait d'abord pensé avorter, en catimini. Tout, plutôt que subir le jugement d'Étienne, ou celui de sa famille. Enceinte d'un homme marié! Elle serait à jamais la garce, celle qui lui a fait un enfant dans le dos. Mais avorter, ce serait aussi trahir. Trahir son amour pour Sorbier. Trahir son instinct. Trahir son amant, aussi, si c'était sans son assentiment.

Elle a revu Étienne une première fois, puis deux, puis trois, se sachant enceinte de lui, sans avoir encore décidé de la conduite à tenir. Ces instants achèvent de la convaincre d'une certitude: elle ne s'est jamais aussi bien sentie que dans les bras de cet homme, la tête posée sur son torse qui se soulève au rythme de ses respirations. La vie sans Étienne lui semblerait vide de sens. Une bizarrerie de notre langue, songe-t-elle: le sens de la vie serait-il lié à l'épanouissement des sens? L'enfant qu'elle porte en elle donne en tout cas un sens nouveau à son existence. Comment a-t-elle pu envisager d'évacuer cet embryon ? Hors de question. Elle veut cet enfant. Elle le désire. Elle l'aime déjà. C'est décidé, elle va l'annoncer à Étienne. Il reste à imaginer le comment. Elle tient à ce que ce moment soit magique, unique, inoubliable : sa déclaration. Viens mon amour, quitte tout, partons ensemble et soyons follement heureux, toi, moi, et Sorbier junior.

Bien sûr il risque d'y avoir la stupéfaction, le choc, Étienne va accuser le coup, et mettre un peu de temps à réaliser. Esther ne sous-estime pas le bouleversement qu'elle va imposer à Sorbier. Mais, dans son esprit, il ne s'agit que d'une accélération de ce qui était inéluctable : Étienne va la choisir, elle. Il aurait fini par la choisir, de toute façon. Le dilemme devant lequel elle va le placer ne fera que précipiter sa décision de rentrer de plain-pied dans cette nouvelle vie. Et ils vivront heureux, jusqu'à la fin des temps. Elle va l'inviter à dîner. Chez elle. Oui, chez elle, dans l'intimité d'un petit deux-pièces, pour marquer la rupture avec le luxe munificent des palaces. L'occasion est trop belle, et la nouvelle trop intime pour l'annoncer dans une chambre impersonnelle. Elle veut cuisiner pour lui, passer de l'amante à la compagne. Au diable leur pacte de discrétion absolue. Ils n'en sont plus là. Elle porte son fils en son sein, c'en est fini des rencontres adultérines planifiées entre midi et deux ou en début de soirée. Une invitation à dîner, la première étape d'une relation entre adultes consentants, cette simple invitation, banale, lui semble une idée géniale, constitue un complet changement de paradigme ! Elle aimerait tant qu'il accepte de passer la nuit avec elle ensuite. Pas qu'il accepte, qu'il suggère, que la demande vienne de lui, comme un symbole d'abandon total à l'amour qui le lie à elle, pour la vie. Esther se berce de ces illusions réconfortantes, avant de lui envoyer un message d'invitation par Skype, pour le soir même, il n'y a plus de temps à perdre. Elle choisit les mots avec précaution, balance entre concision et lyrisme, se trouve tour à tour cruche et grandiloquente, tape, efface, tape encore, opte finalement pour la sobriété, et relit mille fois avant de presser le bouton « Envoyer ».

Étienne, mon amour, viens dîner chez moi ce soir. L'air et l'agitation des Abbesses te feront du bien, loin du luxe feutré de l'Ouest parisien et de ses luttes de pouvoir. Viens t'encanailler, et laisse-moi prendre soin de toi. Pour une fois. Allez, sois fou ! 20 h 30 ? Je t'aime. E. (code B1374 – dernier étage, porte gauche).

La notification du message d'Esther apparaît sur le téléphone d'Étienne alors qu'il termine de déjeuner avec Ariane, chez Hanawa, rue Bayard. Une simple vibration dans la poche de sa veste, à laquelle il choisit de ne pas prêter attention pour l'instant. Ils sont bien, là, tous les deux, et il n'a pas consulté ses mails depuis plus d'une heure et demie.

Ariane est une inconditionnelle de l'art de vivre japonais, et Étienne raffole de la cuisine nippone. Hanawa est leur quartier général. Ils ont fêté ici la nomination d'Étienne comme Managing Director, la mention très bien de Claire au baccalauréat, et ils ont privatisé le lieu pour leurs vingt-cinq ans de mariage. Ils ne prennent jamais le temps de se retrouver ainsi en semaine, il s'agit d'une initiative d'Ariane, à laquelle Étienne a souscrit avec enthousiasme. Elle sent que son mari est fébrile, anxieux, malheureux. Il tourne en rond à la maison, il a de longues absences, le regard dans le vide, sans son téléphone ou son ordinateur sur les genoux. Il ne lui fait quasiment plus ses avances dominicales, c'est elle qui le sollicite pour leurs rares rapports sexuels depuis plusieurs mois maintenant. Étienne a été profondément blessé par la nomination de Hauser à la tête de la banque en Europe – à SA place. Mais il n'y a pas que ça. Quelque chose d'autre le tracasse. En d'autres temps, il aurait démissionné avec pertes et fracas, en citant *Cyrano de Bergerac* et son panache, et postulé chez le concurrent pour ridiculiser Richter & Co. Ou bien il aurait ourdi un plan de reconquête, rassemblé ses fidèles pour démonter ce Hauser et lui mettre tant de bâtons dans les roues qu'il aurait fini par rendre les armes de lui-même. Mais Étienne est désespéré. Déprimé. Il ne sait pas où il en est.

Ariane est fine, elle a entendu les rumeurs, les langues se délient, dès lors que Sorbier n'est plus un danger. Elle fait le pari de croire que ce ne sont que fariboles, balivernes proférées à l'endroit de celui qui est affaibli et que tant voudraient voir à terre. Et si c'était vrai ? Si Étienne avait une liaison ? Le vilain terme. Une affaire, une aventure, une passade, soit. Elle-même a trompé Étienne deux fois : la première durant la campagne de Jospin, Sorbier n'était jamais là, elle s'ennuyait terriblement et elle s'était laissé draguer à une terrasse de café par un homme dont elle ne connaîtra jamais le prénom, qu'elle avait suivi chez lui, sans en revenir de sa propre audace ; la seconde – et elle s'était juré que ce serait la dernière – avec un ancien copain de lycée qui lui avait proposé de se revoir pour fêter leurs quarante ans respectifs en se souvenant de leurs années d'école. Erreur. Quelques semaines d'amusement, et elle avait mis un terme définitif à cette relation déséquilibrée entre elle, mariée et mère de famille et lui, célibataire sans enfant. Étienne n'avait rien vu, pris comme d'habitude par son boulot. Les hommes ne voient rien, avait-elle l'habitude d'en rigoler avec les rares amies auxquelles elle avait fini par confier ses incartades. Était-elle en train à son tour de ne rien voir ? Était-elle la cocue, celle dont tout le monde se moque, la dernière à ne pas être au courant ? Possible. Est-ce grave ? Plus s'il s'agit d'une liaison que si ce n'est là qu'une passade, certes. Mais l'important est qu'Étienne y mette un terme.

Ariane a demandé à l'assistante de Sorbier de lui inventer un déjeuner avec l'un de ses contacts professionnels, au choix, chez Hanawa. La surprise pour Étienne est totale, qui s'attendait à une corvée avec un député, et il est ravi de cette initiative de sa femme. Le visage d'Ariane, à peine maquillée, exprime une douce mélancolie. Étienne la trouve belle, habillée tout en noir, avec le diamant qu'il lui a offert pour leurs vingt ans de mariage porté en ras-du-cou. Ariane navigue tout en délicatesse, s'intéresse à son mari, l'écoute vider son fiel quant à l'injustice sans cesse ressassée de cette nomination de Hauser, elle acquiesce et fait montre d'empathie sans complaisance. Elle assure Étienne de son soutien, et l'invite encore une fois à se réjouir de ce qu'il a accompli plutôt que se laisser aller à tant d'acrimonie. Elle le renforce dans l'idée qu'il a marqué la banque de son empreinte, et oriente le débat vers la philosophie, Fleury ou Kirkegaard, sommes-nous des irremplaçables ou au contraire des hommes ordinaires ? Étienne s'anime soudain. Ariane a réussi à susciter son intérêt, le débat d'idées le fait sortir de sa neurasthénie. Ariane en profite, et saisit la première opportunité, avec ce couple qui passe non loin de leur table. Il a quelques années de plus qu'elle, dix ou quinze. Elle rit, en prenant la main d'Étienne, et en lui rappelant comme ils s'étaient moqués de ce couple d'Italiens croisé aux Antilles. Lui, cinquante ans, un peu voûté, barbe et cheveux blancs, léger embonpoint et chemise en lin. Elle, vingt-cinq ans à peine, short moulant et T-shirt noué juste au-dessus du nombril, ventre plat, fesses rebondies et regard éteint. Ils les avaient croisés plusieurs fois, au restaurant, sur le bateau de plongée, et les avaient trouvés ridicules, à roucouler comme des tourtereaux fiévreux, se toucher, s'embrasser, se filmer, se sourire béatement et s'affubler de sobriquets tous plus grotesques les uns que les autres. Étienne et Ariane avaient passé leur semaine de vacances à les observer et à les trouver pathétiques, lui qui refusait de vieillir et elle de s'affranchir de son père – ou de renoncer à l'aisance subite que cette idylle lui procurait. Claire leur avait appris à cette occasion l'expression « Sugar Daddy », qu'ils avaient adoptée en pouffant. Étienne en rajoute, il en fait trop et assure à Ariane que ce genre de travers ne le guette pas. Elle rentre dans son jeu et lui rétorque en riant que cela vaut mieux pour lui parce que s'il y a une chose qu'elle ne lui pardonnerait jamais, c'est de se ridiculiser ainsi avec une gamine. Cet échange enlevé met un terme à l'évocation de ce souvenir de vacances, et le déjeuner se poursuit.

Juste avant le café, Ariane hésite à aborder un autre sujet qui la préoccupe. Elle ne sait pas si c'est le bon moment. Elle s'est montrée sous son meilleur jour, jusque-là, et ne se résout pas à changer de registre. C'est Étienne qui pose la question : « Comment va Claire ? » Ariane ne peut lui mentir : sa fille ne va pas bien. Benjamin vient de la quitter, sans autre forme de préavis, et Claire vit mal cette séparation. Elle est trop nulle, pas capable de garder un mec, et elle pleure toute la journée. Elle n'arrive plus à apprendre une ligne, les auditions pour le cours Florent approchent, c'est le naufrage. Pourquoi n'est-il pas au courant ? Parce que Claire a demandé à Ariane de ne rien dire à son père. Qu'elle ne veut pas lire dans son regard les deux phrases redoutées « de toute façon, il n'était pas pour toi, ce Benjamin, je te l'ai toujours dit » et « Claire, je crois que tu devrais te remettre aux études, tu pourras intégrer le cours Florent après un Master, alors que l'inverse n'est pas possible ». Ariane n'a pas voulu rompre la promesse faite à sa fille, vu les préoccupations d'Étienne, mais elle ne veut plus cacher à son mari qu'elle s'inquiète. Il encaisse le choc. Ariane n'en rajoute pas, ne lui raconte pas que Claire écoute en boucle le thème des *Parapluies de Cherbourg*, et qu'elle ne l'a jamais vue dans un tel état. Au contraire, elle se reprend, et rassure son mari, non sans une certaine ironie. Avec le temps, va, même les plus grands chagrins d'amour disparaissent, chéri.

Sorbier retourne à son bureau à pied après ce déjeuner. Il est inquiet pour Claire, bien sûr, mais il est persuadé qu'Ariane saura trouver les mots, les attitudes, les attentions pour remettre sa fille sur les rails. Ariane. Si fine, si sensible, si réfléchie, si posée. Son socle. Sa femme. Celle à laquelle il a dit « oui », devant témoins. Il mesure combien son épouse et lui sont liés, et pas seulement par leurs années en commun. Ils partagent un certain art de vivre, des goûts culturels, une formation de philosophie qui a façonné leur manière d'appréhender l'existence, et il se rend compte à quel point ce bagage commun n'est pas reproductible. Ils ont Claire. Ils portent la responsabilité conjointe de la conduire vers une vie d'adulte responsable, épanouie, heureuse. Un projet de vie. Et Esther ? Il repense à ce type, aux Antilles, avec sa gamine accrochée aux basques, mais aussi à ceux de ses associés qui ont refait leur vie avec une jeunesse. Ridicules. Coucher, déjà, voilà qui n'est pas glorieux, mais une nouvelle vie ? Sorties en boîte de nuit, remise intensive au sport, déménagement dans un quartier branché, tout pour goûter à nouveau à cette jeunesse perdue, évanouie, disparue, et la suite logique, vlan, père à nouveau, à cinquante ans et plus, l'épuisement des nuits sans sommeil qui va accélérer la formation des rides, la multiplication des cheveux blancs, l'inverse de l'effet attendu… Et que dire des contraintes retrouvées, alors que les enfants du premier lit avaient enfin quitté le nid, et qu'enfin il ne fallait plus laver leur linge sale, faire les courses, ranger leur vaisselle, ou se ronger les sangs dans l'attente des résultats de leurs examens scolaires. Non, vraiment, rien à leur envier, à ces aventuriers de la deuxième vie.

Étienne se rend compte enfin qu'il ne supporterait pas de perdre Ariane. Elle est la seule à qui il demande conseil, et qu'il écoute. Elle est aussi intelligente que lui, et ça, Étienne ne le pense de personne d'autre. Soudain, il se tétanise. Elle sait ! Ce déjeuner impromptu, sa badinerie sur le vieux pathétique, la dépression soudaine de Claire... Sorbier le répète suffisamment à ses collaborateurs : « There is no such thing as a free lunch. » Elle l'invite à mettre de l'ordre. Quitte-la, Étienne, ou tu me perdras. Tu nous perdras, toutes les deux. Quel idiot ! Pourquoi lui avoir menti de la sorte, avoir prétendu que jamais au grand jamais il ne se retrouverait dans cette situation ? Vite, corriger le tir. Reçu, cinq sur cinq. Étienne sort son téléphone de la poche intérieure de sa veste pour envoyer un message à Ariane tandis qu'il continue à marcher, au grand dam des passants qui lui demandent de lever la tête : « Merci ma chérie pour ce déjeuner. Tu sais trouver les mots qui apaisent. Je vais déjà mieux, et je te promets d'aller de l'avant. Je vais essayer de t'aider avec Claire, aussi. Je t'aime. Étienne. » Avant de ranger son téléphone, il consulte ses mails, rien qui ne puisse attendre, et consulte le message privé d'Esther sur Skype, cette soudaine invitation à dîner. Il y a quelques semaines encore, il aurait été touché par ces mots, envahi par une vague de tendresse. Désormais, ce qui prédomine chez Étienne, c'est la consternation. Comment a-t-il pu se laisser entraîner dans une situation pareille ? Cette relation lui a coûté sa carrière, et menace son couple et sa famille, à présent. Tout ça pour quoi ? Pour quelques parties de jambes en l'air avec le sulfureux parfum de l'interdit ? Pour entretenir l'illusion d'une jeunesse évanouie ? Stop. Il est temps que cette histoire s'arrête. Un autre message à Ariane : « Au fait, chérie, j'ai oublié de te dire, je ne dîne pas à la maison ce soir, un forum de recrutement, c'est le dernier avant que mon successeur soit nommé, je vais aller faire le beau. Je t'embrasse. Étienne. »

De retour au bureau, Étienne a tout fait pour ne pas croiser Esther durant l'après-midi précédant leur dîner en tête à tête. Il se sent tout à la fois résolu – pas de doute, il a pris la bonne décision – et mal à l'aise – comment va-t-elle réagir ? Il a tellement peu d'expérience en matière de commerce amoureux et de gestion de la rupture qu'il effectue le parallèle avec un monde plus familier, celui de l'entreprise. Il se raccroche à des situations connues, vécues, pour se figurer ce qui l'attend ce soir. Il a mis fin à nombre de contrats à durée indéterminée, y compris vis-à-vis de gens pour qui il éprouvait une affection sincère, mais il ne s'est jamais comporté en hypocrite, à utiliser des locutions toutes faites du type « la décision a été très difficile à prendre, vous savez » ou « vous comprenez, nous agissons dans votre intérêt, il ne faudrait pas que cette situation s'éternise ». Avec Esther, il sent bien qu'il va lui falloir instiller cette dose d'hypocrisie, pour atténuer le choc. Il fredonne malgré lui la chanson de Reggiani, « Il suffirait de presque rien », en espérant y puiser les mots appropriés. Il s'attarde sur le cœur du deuxième couplet :

Mais pourquoi faire du cinéma / Fillette allons regarde-moi / Et vois les rides qui nous séparent.

Il est là, l'angle d'attaque qu'il devra emprunter ce soir. Esther ne peut pas gâcher sa vie avec *un clown en train de faire son dernier tour de piste.* Il en va de sa vie, de son avenir.

Étienne avait peu de risques de croiser Esther dans les locaux de la banque. Elle a décidé de prendre son après-midi en catimini. Elle devra travailler tout le week-end pour rattraper le retard sur ses livrables, mais elle s'en accommode. Le cœur léger, elle arpente la rue des Martyrs pour faire les courses : avocat, pamplemousse et crevettes en entrée, un peu de fraîcheur en ce mois de juin, carpaccio de dorade à la mangue pour le plat, salade de mâche et de roquette, un demi Pont-L'Evêque et, pour le dessert, elle préparera une mousse au chocolat rehaussée d'une tasse de café très serré et d'un trait de rhum. Esther découvre la richesse et l'animation de cette rue des Martyrs, dont elle ne connaît que le Carrefour Market, où elle achète des soupes toutes faites, des pizzas surgelées, du jus de pamplemousse et des Krisprolls pour son petit déjeuner. Elle remonte à présent vers la rue des Trois Frères, les poignées des sacs de courses marquent l'intérieur de ses doigts et elle redoute les six étages à pied. Carrefour Market, c'est moins bon, moins bio, mais ils livrent ! N'a-t-elle rien oublié ? Elle a le souffle plus court depuis qu'elle est enceinte et elle a l'impression de gravir la face nord des Grandes Jorasses chaque fois qu'elle rentre chez elle.

Esther s'affaire à la préparation du repas. Le nez rivé sur son téléphone, elle suit les recettes étape par étape, accordant une importance démesurée à la présentation des plats, le « dressage », selon les nouveaux termes de l'art qu'est devenue la cuisine. Elle veut tellement que ce dîner soit une fête ! Tout est prêt, casé dans son minuscule réfrigérateur. Il lui reste à ranger l'appartement et se faire belle pour la soirée la plus magique de sa vie. Qu'Étienne ait accepté tout de suite son invitation signifie tant pour elle. Pourquoi n'a-t-elle pas pris ce genre d'initiative plus tôt ? Il n'attendait que cela, une ouverture, une occasion de lui déclarer sa flamme, mais il n'osait pas, de crainte d'être rabroué, confronté à une réalité pesante, celle du fossé des années qui les sépare. Bien sûr, elle le rassurera : elle n'en a cure, ses rides, son âge, son recul, sa maturité, son expérience valent plus que l'enthousiasme béat d'un jouvenceau sautilleur. Ne te torture pas avec ça, Esther, l'important est qu'il vienne ce soir. Étienne, chez moi, à moi, rien qu'à moi. Étienne, elle pourrait dire ce prénom mille fois sans se lasser, en variant les intonations, le regard, la posture. Étienne. Le père de son enfant. Demain elle pourra appeler sa mère, lui annoncer la bonne nouvelle, Maman, il faut que je te dise, je suis enceinte, je suis si heureuse. Elle ne l'a dit à personne jusque-là. Étienne ce soir, Maman demain, Esther se sent déjà soulagée. Le secret finit par peser, à force, et elle ne va plus pouvoir le garder très longtemps : elle commence à avoir du mal à fermer certains de ses jeans.

Esther sort de sa douche, enroulée dans une serviette. Une demi-heure, encore… La table est mise, des rubans entourent les serviettes, deux bougies de couleur n'attendent qu'une allumette pour délivrer leur parfum de bois de santal, le vin est débouché, un bourgogne blanc, elle n'y connaît rien en œnologie, mais le caviste lui a garanti le succès, rien ne manque. Elle ouvre grand la fenêtre pour aérer le salon, jette un œil distraitement par le balcon, les bars commencent à être animés, et retourne dans sa chambre finir de se préparer.

Étienne sort du taxi en scrutant les visages de la rue avec appréhension. Sa fille habite à deux rues d'ici, il ne manquerait plus qu'il la croise. Il compose le code à la hâte, avant de monter les escaliers à pas lents. La croix invisible qui pèse sur ses épaules transforme cette ascension en calvaire. Il ne s'est pas changé depuis le déjeuner avec Ariane, il est en costume gris anthracite, chemise bleu ciel et souliers marron foncé, à lacets. Un détail qui ne trompe pas. Dès lors qu'il sait qu'il a un rendez-vous d'alcôve avec Esther, Étienne chausse des mocassins, plus faciles à enlever dans le tourbillon que ces chaussures plus élégantes, certes, mais qui nécessitent une pause afin d'être dénouées. Les premiers mots. Ne lui donner aucun espoir. Qu'elle comprenne le plus vite possible qu'il est venu pour la quitter, et que rien ne pourra entamer sa détermination. La démarche relève d'un sentiment qui se voudrait noble : Étienne veut épargner à Esther d'inutiles souffrances, des atermoiements, des valses-hésitations qui entretiendraient un espoir de retour de flamme. Il reprend son souffle. Quelques respirations abdominales, faire redescendre le rythme cardiaque, voilà. Esther a entendu les pas dans la cage d'escalier, l'immeuble n'est pas bien insonorisé. Elle est retournée s'asseoir dans le canapé, et se demande pourquoi sa sonnette ne retentit pas encore. Se serait-elle trompée ? Était-ce une visite pour le 5e étage ? Enfin, le carillon résonne. Esther se lève et file ouvrir, sans trop hâter le pas, une allure naturelle. Son cœur bat à tout rompre. Il est là, derrière la porte ! Elle ouvre. Étienne a l'air grave. Il ne sourit pas. Il ne porte ni bouquet de fleurs, ni bouteille de champagne. Esther s'inquiète. Farceur ! Il doit avoir un cadeau, dans sa poche. Une bague ? Qui sait… Ils s'embrassent, du bout des lèvres, comme un couple installé. Rien à voir avec l'étreinte fiévreuse de l'ascenseur qui les mène à leur chambre les jours de cinq à sept. Que se passe-t-il ?

— Entre, mon chéri.

Esther s'efface. Étienne pénètre dans l'appartement.

Esther tourne sur elle-même. Elle porte un nouveau parfum, plus léger, floral. Elle est irrésistible dans une robe noire et blanche, épaules nues. On dirait un personnage des *Demoiselles de Rochefort*, il ne lui manque qu'un chapeau. La table est mise, deux bougies sont allumées, Esther sourit et Étienne demeure mutique. Que cela va être pénible.

— Donne-moi ta veste, je vais la pendre.

Esther sent bien que l'humeur n'est pas à la frivolité. Étienne a un air qu'elle ne lui connaît pas. Il garde sa veste. Une mauvaise nouvelle chez Richter & Co ? Un problème avec un client ?

— Quelque chose ne va pas, mon amour ?

Étienne prend les mains d'Esther entre les siennes.

— Asseyons-nous, Esther, j'ai quelque chose à te dire.

Moi aussi, j'ai quelque chose à te dire, mon Étienne ! Mais pourquoi diable fais-tu cette tête ? Il est malade. Oh mon Dieu. Il a un cancer. Et moi qui minaude à quémander un baiser, quelle idiote.

Étienne choisit de s'installer sur l'unique fauteuil, laissant Esther prendre place, seule, sur le canapé. Un bol de tomates cerise et une assiette de radis sont posés sur la minuscule table basse qui les sépare. Quelques rires égaient le salon, mais ce sont ceux des clients du bar, six étages plus bas. Esther n'a pas refermé la fenêtre, la chaleur commence à peser sur Paris, comme le silence qui prend possession de son minuscule deux-pièces. Étienne inspire profondément et se lance.

— Esther, je suis désolé. J'ai accepté ton invitation ce soir parce que je voulais pouvoir te le dire en face, prendre le temps de t'expliquer, il faut qu'on arrête. Pardonne-moi, Esther, je ne suis pas à la hauteur de tes attentes. Je n'y arrive pas. Je ne pourrai jamais te donner ce que tu attends. Je n'arrive pas à vivre avec deux femmes à la fois, je suis fatigué de me cacher, de mentir, à toi, à ma femme, à ma fille, à moi-même. Je ne suis pas prêt à quitter Ariane. Je suis désolé. On ne tire pas un trait sur vingt-cinq ans de mariage comme ça, enfin, « on », je ne sais pas, mais moi j'en suis incapable. Tu es une fille merveilleuse, Esther. Tu es belle, tu es brillante, tu as tout pour toi. J'ai passé des moments extraordinaires avec toi, et je ne les oublierai jamais. Mais tu vaux mieux que ces rendez-vous cachés, avec un quinquagénaire qui va bientôt avoir des problèmes de prostate. Tu as une vie à construire. Ne la gâche pas à m'attendre. Esther ?

Esther n'a pas ouvert la bouche. Elle essaie de se donner une contenance, mais se tord les mains au point de se faire mal. Les jointures blanchissent. Des larmes coulent. Depuis qu'Étienne a commencé son monologue, une faille s'est ouverte en elle. Chaque mot d'Étienne élargit un peu plus cette fissure. La scène qu'elle avait imaginée, le dialogue entre Étienne et Ariane, je suis venu te dire que je m'en vais, et tes larmes n'y pourront rien changer, c'est là. C'est maintenant. Et c'est elle qu'il quitte. Esther avait omis de se figurer la douleur d'Ariane, dans ses scènes intérieures. Elle la prend de plein fouet, la douleur, la désespérance, la brûlure. Sa gorge est sèche. Elle est prise de tremblements. Étienne parle d'un ton posé, assuré. Un peu d'émotion transparaît dans sa voix, juste ce qu'il convient pour ne pas paraître un monstre, mais nulle place pour le doute, ou pour le dialogue. Il ne s'agit en aucun cas d'une discussion ouverte : il y a un problème dans notre relation, j'en souffre, parlons-en et trouvons ensemble une solution qui nous permette de continuer à nous aimer. C'est une mise à pied conservatoire. Il ne va même pas me prendre dans ses bras, ce salaud. Il ne va pas goûter ma cuisine. Il va se lever, et partir. Me laisser là, comme une conne. La porte va claquer et je vais rester seule. Il me jette, comme un jouet dont on se lasse. Je ne suis rien qu'un dommage collatéral. Encore un qui s'est joué de moi, comme les étudiants qui m'ont baisée ou Sébastien Thévenin, ce Managing Director de merde qui m'a exploitée jusqu'à l'épuisement, sans que jamais je me révolte et maintenant quoi ? On reste amis ? Une colère sourde envahit Esther, qui est sur le point d'exploser, de lui envoyer tomates et radis à la figure, de tacher son beau costume, et va expliquer à ta femme pourquoi tu rentres dans un état pareil, Monsieur le mari parfait.

— Esther ? Dis quelque chose, je t'en prie.

Le ton de la voix d'Étienne tempère la rage d'Esther. Au creux de la fissure, un espoir, soudain, comme une illumination : il se trompe. Il fait fausse route. Les conventions l'empêchent de se laisser aller à notre amour. Il refuse de voir la réalité telle qu'elle est : il m'aime, moi, quoi qu'il puisse en dire. Il se protège des conséquences de notre amour. Mais je suis prête à tout pour le garder. Je resterai sous le radar, je me ferai discrète, toute petite. Tu as le temps, mon chéri. Je porte ton enfant. Notre amour ne peut pas mourir. Esther ravale sa colère et ses sanglots, et se lance.

— Je t'aime, Étienne. Et je suis sûre que tu m'aimes aussi. Seulement tu as peur de cet amour, et tu préfères retourner à ton existence bien rangée plutôt que de le vivre, avec passion. Combien de fois m'as-tu dit que tu étais heureux avec moi, que tu te sentais vivre à nouveau, que tu vibrais et que chaque instant loin de moi te semblait une éternité ? Ne me quitte pas. Laisse-nous notre chance. Je ne te demande rien d'autre que de continuer à m'aimer comme tu le fais. Laisse-nous du temps. Laisse-toi du temps. Moi je suis là, je t'attendrai. Je ne peux pas vivre sans toi, Étienne, je n'y arriverai pas.

— Ne dis pas de bêtises, Esther, allons. Bien sûr que tu peux vivre sans moi, il y a eu un avant, il y aura un après.

— Quel après, c'est quoi la vie sans toi ?

— Esther, ne rends pas les choses plus difficiles qu'elles ne le sont. C'est fini. Je ne t'aime plus. C'est comme ça, on n'y peut rien. Ne pleure pas, je t'en prie.

Étienne a durci le ton. Il ne veut pas que cette rupture s'enlise. Il voudrait s'enfuir, là, grimper dans un taxi et rouler, loin de ce quartier qui grouille, qui vibre et qui témoigne d'une vie insouciante, jeune, trépidante. Il a choisi le conformisme, la solidité de sa relation, le cocon familial et il aspire à retrouver au plus vite les murs protecteurs de son appartement, son canapé, son bureau, sa bibliothèque, et à s'endormir, serein, au côté d'Ariane, bercé par le rythme de sa respiration.

« Je ne t'aime plus. » Dévastation. Désolation. Les entrailles d'Esther se tordent. Sa vision se trouble. La nausée l'envahit. « Je ne t'aime plus. » Cinq mots au pouvoir destructeur. Cinq balles, en plein cœur. Mais comment peut-il dire ça ? Comment peut-il le penser ? Notre histoire n'était qu'une illusion, un mirage, un mensonge ? Esther hoquette, son corps est soulevé de convulsions, les sanglots deviennent incontrôlables.

— Je… je… je… je… suis enceinte.

— Esther, arrête, ça ne sert à rien de mentir. Respire, s'il te plaît. Calme-toi.

La phrase est sortie d'un coup. La tension est montée d'un cran. Étienne s'en veut, il ne voulait pas paraître si sec, même s'il ne croit pas un instant à cette faribole de grossesse. Esther est dévastée, devant lui. Elle grimace, et sa bouche se tord, figurant la paralysie faciale des victimes d'AVC. Il voit bien qu'elle est quasiment en détresse respiratoire. Il hésite sur la conduite à suivre. Il n'a aucune raison de se montrer dur, ou insensible. Toutefois, il est conscient que s'il franchit la table basse, ce 38e parallèle qui les sépare, s'il va s'asseoir à côté d'elle, s'il la prend dans ses bras, elle va se calmer, reprendre son souffle, recouvrer sa raison. Et tout sera à recommencer. Il passera la main dans ses cheveux, il ne fera qu'entretenir l'illusion et elle souffrira encore plus à la prochaine salve. Ce serait encore plus cruel. Il doit aller au bout de sa démarche. Elle doit comprendre que cette rupture est inexorable. Sans appel. Étienne se lève, quitte son fauteuil et parle d'une voix claire.

— Je vais te laisser, Esther. Je ne veux pas qu'on se fâche. Je suis triste, moi aussi, mais là on ne peut plus discuter, tu délires, tu essaies de me faire culpabiliser, je ne peux pas entrer dans ton jeu. Je t'ai aimée. Je ne t'aime plus. C'est fini. Tu n'y peux rien. Ne gâchons pas ce qui a été, tu veux bien ?

— J'attends ton enfant, Étienne ; tu m'entends ? Je suis enceinte de toi. Tu ne peux pas me laisser comme ça.

— Putain, Esther, merde ! Arrête avec ça !

— Je te le jure, Étienne. Sur notre amour.

— C'est ça, bien sûr. Tu me prends vraiment pour un con, ou quoi ? Je viens te dire que c'est fini, et tout ce que tu trouves pour me faire rester, c'est m'annoncer que tu es enceinte ? C'est pathétique, Esther. Et quand bien même ce serait vrai, quoi ? Tu vas me faire chanter ? Je m'en vais, Esther. On parlera quand tu seras calmée. Ou pas.

Étienne se lève. Il est fou de rage. Elle a réussi à le faire exploser, avec sa fable d'enfant à naître. Le regard qu'il jette à Esther avant de lui tourner le dos mêle condescendance et pitié. Il est dévastateur. En deux pas Étienne est à la porte d'entrée. Il actionne la poignée, ouvre le battant, marque un temps d'arrêt sur le seuil, choisit de ne pas se retourner, et sort. Il aurait aimé mieux retenir la porte, mais elle claque. Sans doute le courant d'air avec la fenêtre grande ouverte.

« On reconnaît le bonheur au bruit qu'il fait quand il s'en va », disait Jacques Prévert. Pour Esther, cette porte qui claque, c'est le tonnerre qui gronde, pile au-dessus de sa tête. Prostrée sur le canapé, la tête entre les genoux, elle se souvient des instantanés de bonheur avec Étienne, baisers, fous rires, cadeaux, la douceur de ses mains, la chaleur de son corps, ce charme qui l'avait séduite. Balayés en un instant. Ses quelques mots d'abord, son regard glacé, puis la porte qui claque et c'est fini. Comment poursuivre ? Elle va avoir cet enfant, sans père, qui va ressembler trait pour trait à l'affreux personnage qui vient de lui briser le cœur ? Il ne la croit pas ? Tiens ! Esther attrape son téléphone et envoie à Étienne la photo des deux tests de grossesse, l'un avec ses deux traits parallèles et l'autre avec sa croix. Sans commentaire. Cela ne l'apaise pas. Au contraire, une immense lassitude l'envahit. À quoi bon ? Elle suffoque. Elle se lève, et suit les pas d'Étienne jusqu'à la porte d'entrée. Peut-être est-il encore là, assis, sur le palier, la tête entre les mains ? Ou bien il a reçu la photo, et il est en train de monter les marches, quatre à quatre, pardon mon amour, excuse-moi, viens dans mes bras. Elle ouvre la porte avec douceur, sans un bruit. Il est parti. Seul le silence envahit la cage d'escalier. Il est parti. Elle est seule. Il a reçu la photo, et il s'en fout. Il ne reviendra pas. Elle referme la porte, sans bruit, et actionne le verrou. Elle étouffe. Elle se dirige en titubant à la fenêtre. Prendre l'air. Elle espère apercevoir Étienne une dernière fois. Elle se penche par-dessus la balustrade.

Nice

Depuis une semaine, Grondin commence sa journée en consultant ses mails, une cigarette au bec. Il fume chez lui, maintenant, toutes fenêtres ouvertes, et fait semblant de considérer que cette aération suffit à ne pas imprégner les murs, les tissus, les draps de l'odeur caractéristique du tabac froid. Air France a bien accusé réception de sa réquisition, mais tarde à y répondre. Toujours pas de message, ce matin. Pourvu qu'il n'y ait pas un juriste tatillon qui décide de vérifier le bien-fondé de la requête ! Elle semble bien anodine, cette requête, Grondin se dit qu'il se tracasse pour rien. Il leur reste vingt-quatre heures pour fournir les résultats s'ils veulent respecter la huitaine imposée, et Air France est rarement en avance.

Le message finit par arriver au beau milieu d'une séance d'interrogatoire du videur de la boîte de nuit « Le Glam » destinée à comprendre les circonstances d'un coup de poignard donné la nuit précédente afin de déterminer s'il faut ajouter un caractère homophobe à cette tentative d'homicide. Grondin prétexte un appel pour quitter la salle et rejoindre son bureau, sous le regard ébahi de la lieutenante Engel qui ne comprend pas comment fonctionne son nouveau chef de groupe.

Douze noms !

Grondin sursaute, transporté d'excitation. Il avait vu juste. Pour ces types-là, voyager, c'est comme une drogue. Ils ne peuvent plus s'en passer. Pas question de participer à un dîner en ville sans mentionner qu'on était à New York, Delhi, San Francisco, Pékin, Kuala Lumpur, Buenos Aires ou Moscou quelques jours plus tôt.

Douze noms.

Grondin retourne épauler Engel avec son vigile. Établissement du procès-verbal, signatures, fin de l'enregistrement vidéo, le tout au pas de course. Retour au domicile, une bière, une cigarette, et Google. Le travail de police est devenu un jeu d'enfants à certains égards. Avant, reconstituer la vie d'une personne d'intérêt prenait des semaines : il fallait une enquête de voisinage, consulter des registres, l'état civil, farfouiller dans des archives mal indexées. Aujourd'hui, la vie des individus s'étale en grand sur le Web. Leurs photos, leurs goûts, leur mariage, ce qu'ils ont mangé la veille au restaurant, leurs lieux de villégiature, leur progéniture, leurs copains d'avant et de maintenant, tout est en accès libre. Ils ont eu les honneurs de la presse ? Hop, c'est là, à portée de clic. Grondin n'est pas sur Facebook, ni sur Instagram, ni sur Copains d'Avant. Il a bien fait une incursion sur Tinder, mais s'est vite lassé de ces rencontres toutes sur le même schéma :

— Salut. Christophe ? Waouh, c'est vrai que tu es grand, dis donc !

— Tu fais quoi dans la vie ?

— Qu'est-ce qui t'a poussé à t'inscrire sur Tinder ?

— Et ça fait longtemps que tu y es ?

— Tu as fait beaucoup de rencontres ?

— Tu veux un autre verre ?

— On va chez toi ? ou chez moi ?

— C'était super, merci, mais là il faut que je file. À bientôt.

Flic, à la brigade criminelle, c'est du 100 % de réussite.

Grondin revient à sa liste.

Douze noms.

Douze hommes en colère. Un de ces films qui ont marqué son adolescence.

Quel est celui de ces douze jurés qui s'est jugé coupable, sans circonstances atténuantes et, par conséquent, condamné à mort, par noyade ?

Deux trop âgés, soixante ans et plus. À la trappe.

Dix noms.

Dix petits nègres. Que des affreux réunis pour se faire trucider.

Quatre en vie sur les réseaux sociaux, qui, la semaine précédente, ont publié, pour le premier, une photo de son chien sur son profil public Instagram, pour le deuxième et le troisième des commentaires sur Twitter, et pour le dernier son changement d'employeur sur LinkedIn.

Six noms.

Six pieds sous terre.

Un promu au rang de chevalier de la Légion d'honneur, le 14 juillet, et pas à titre posthume.

Cinq noms.

Le club des cinq.

Deux décès annoncés dans le carnet du *Figaro*, avec une date et un lieu précisés pour la messe et l'inhumation. Donc un cadavre dans un cercueil. Deux morts « normaux ». Pas des XH.

Trois noms.

Les trois mousquetaires. Un seul a payé pour tous.

Sur les trois, deux ont des profils sur les réseaux sociaux, soit privés, donc inaccessibles, soit peu actifs, et n'ayant rien publié depuis deux mois.

Un seul n'est présent sur aucun des cinq, Instagram, Snapchat, LinkedIn, Facebook ou Twitter. Pourtant, il n'est pas absent de la Toile, loin de là. Étienne Sorbier. Plusieurs articles de journaux, en trois principales vagues : au moment de son passage de l'administration vers le privé, après le naufrage Jospin, pour rejoindre la banque d'affaires américaine Richter & Co ; lors de sa nomination en tant que Managing Director de cette même firme, ensuite ; enfin, au moment de sa promotion comme dirigeant de l'ensemble des activités de la banque pour la France. Les photos sont flatteuses, l'œuvre d'un professionnel : trois quarts face, le regard pétillant d'intelligence, un sourire à peine esquissé, le menton rentré, chemise blanche et cravate sobre, mais l'attitude engageante. Le genre de type dont on aimerait connaître l'avis avant d'investir en Bourse. Pourtant, Grondin a beau peigner le site internet de Richter & Co de haut en bas, de droite à gauche, consulter les pages de présentation, il n'existe plus aucune mention d'un Étienne Sorbier. Le responsable des activités de la banque en France est une femme, qui s'appelle Meriem Alaoui, et le site regorge de portraits de Managing Directors, tous diplômés des plus grandes écoles françaises ou des meilleures universités américaines, tous avec le même sourire en coin, entendu, je suis là pour vous aider, si vous en avez les moyens ! Mais rien sur monsieur Sorbier. Il est parti à la retraite à cinquante ans ?

Voyez-vous un type comme ça, avec une carrière comme ça, avec un million huit cent mille miles en stock sur sa carte Platinum, qui n'ait pas de profil LinkedIn pour la ramener ? Ou sur Twitter pour affirmer les opinions de la très respectable banque Richter & Co ? Deux options : soit il a découvert les vertus du chanvre, il a tout plaqué pour s'installer dans une communauté du Larzac et il ira foutre le bordel sur la première Zone à Défendre qui se présentera ; soit Étienne Sorbier est Arthur Miller, et il a effacé toutes les traces qu'il pouvait avoir laissées derrière lui avant son dernier bain de minuit.

À bien y regarder, les photos pourraient correspondre. Aucun labo n'acceptera de travailler à une éventuelle déformation des photos de Sorbier pour simuler l'effet d'une noyade sans l'accord préalable du parquet. Grondin a suffisamment joué avec le feu pour ne pas en rajouter.

Il est 23 h 50. Trop tard pour passer des coups de fil.

Grondin devra attendre demain pour savoir s'il a raison et répondre à la question qui le tarabuste, mais dont la formulation se précise : qu'est-ce qui a bien pu pousser un banquier plein aux as à se donner tant de mal pour mourir seul, loin des regards, et rendre quasiment impossible son identification *post mortem* ?

Paris

Étienne a dévalé les marches des six étages, pour mettre le plus de distance possible entre Esther et lui. Quel cauchemar ! Il est resté dans le hall de l'immeuble, devant la porte cochère. Il n'est pas encore prêt à affronter l'extérieur, il ressent le besoin de desserrer l'étau, d'évacuer sa colère. Il est encore tremblant : il s'en veut de s'être emporté de la sorte, comment la discussion a-t-elle pu déraper ainsi, échapper à tout contrôle ? Merde, il ne voulait pas que la situation prenne un tel tour. Mais, à bien y réfléchir, ça ne *pouvait pas* bien se passer. Au moins, le message est clair, limpide, sans la moindre ambiguïté. Il s'apprête à pousser la porte, un peu rasséréné, quand une autre angoisse le rattrape. Est-ce qu'elle va faire un esclandre ? Une scène au bureau ? Prévenir Ariane ? Au moment même où il songe à ces éventualités, son téléphone vibre dans sa poche. Il ne veut pas regarder le message. Esther va lui en envoyer plusieurs, il faut qu'elle comprenne qu'il n'est pas à l'affût, que le statut de ces envois reste en « non lu ». L'angoisse monte. Les images de *Liaison fatale* lui viennent en tête, avec Glenn Close qui fait bouillir le lapin de la famille de Michael Douglas. Jusqu'à le faire sourire. Trop, c'est trop. Arrête, Étienne, tu es ridicule. Nous sommes entre gens civilisés. Elle est triste, quoi de plus normal. De là à imaginer le pire, il y a un monde, voyons. Étienne se décide à appuyer sur le bouton d'ouverture de la porte. Il pousse le battant. Il sort. L'air lui fait du bien. Il respire à pleins poumons. Il porte la main à sa poche, pour sortir son téléphone et commander un G7, avant de se raviser. Pas envie de voir la notification. Il va descendre à pied jusqu'au boulevard de Clichy, il attrapera un taxi à la volée.

Un cri. Une seconde et demie de cri, ce n'est rien, à peine le temps de se demander d'où cela vient et avoir le réflexe de lever la tête, mais c'est déjà trop tard. Au cri succède un bruit de choc, assourdissant, indescriptible. Puis viennent deux ou trois secondes de silence. Toute la rue s'est tue, sidérée par ce qui vient de se passer. Ensuite l'agitation. Une agitation frénétique, des cris, des gens qui courent, qui se réfugient dans les bras les uns des autres. Un attroupement. Des dizaines de personnes, qui appellent toutes, qui les pompiers, qui le SAMU, qui le 112. Personne n'ose la toucher. Étienne se retrouve entouré d'une quantité de badauds. Un jeune homme se fraie un passage et s'accroupit pour chercher un pouls, en vain. Elle est morte. Esther est morte. Elle vient de se jeter par la fenêtre, à ses pieds. Est-ce son prénom qu'elle a crié pendant sa chute ? Étienne est hébété, incapable du moindre mouvement. Il a quitté Esther il y a moins de deux ou trois minutes. Elle pleurait, elle était triste, mais elle vivait, elle respirait. C'est un cauchemar. Il va se réveiller. Elle va se réveiller. Il va remonter les escaliers, sonner chez elle, forcer la porte s'il le faut. Ne fais pas ça, Esther. Éloigne-toi de cette fenêtre. Tu en trouveras mille autres, des hommes, mieux que moi, célibataires, prêts à se prosterner à tes pieds. Ne te jette pas aux miens. Viens dans mes bras. Mais rien ne se passe. Esther ne se lève pas. Esther ne marche pas. Elle est à ses pieds, le bassin fracturé, les épaules démises, ses membres et son torse formant une étoile improbable. Son profil est dégagé, le visage est intact du côté visible. L'œil est ouvert, et semble fixer Étienne. Pas de répit pour Caïn. Étienne recule, épouvanté, il voudrait vomir. Déjà le son des sirènes envahit la rue des Trois Frères, et la lumière bleutée des gyrophares se reflète sur les murs des immeubles plus bas. Étienne se retourne, comme mû par une force incontrôlable. Il ne peut pas rester là. Sa fille est peut-être dans le coin, elle pourrait le voir, le surprendre. Il n'était pas là. Il n'était pas sur place. Étienne allonge le pas. Il croise le camion de pompiers, soulagé que ce ne soit pas la police. Il y a beaucoup de monde sur place, beaucoup sont venus regarder de près et sont repartis choqués, il n'y a aucune raison que quelqu'un l'ait remarqué. Il n'a pas eu un comportement plus suspect que qui que ce soit d'autre. Il emprunte les escaliers, quitter la rue, vite, retrouver le boulevard, plus bas, la foule, l'anonymat, les inconscients, ceux qui ignorent le drame qui vient de se produire. Il voudrait les arrêter, leur dire qu'une jeune femme vient de se jeter par la fenêtre. Qu'elle est morte parce que son amant l'a quittée avec une sourde violence et une inhumaine indifférence. Elle est morte par ma faute.

Tandis qu'Étienne quitte la scène en catimini, les policiers l'investissent. Périmètre de sécurité, premiers interrogatoires, témoignages concordants, tout confirme l'hypothèse du suicide. Le jeune âge de la victime est un élément supplémentaire. La capitaine Balansart, en charge des opérations, est entrée la première dans l'appartement d'Esther une fois la porte ouverte par le serrurier. Elle constate les préparatifs d'un dîner. Rien n'a été touché, manifestement. Un téléphone sur la table basse, un sac à main dans la chambre, qui contient une carte d'identité : Esther Goetz. Le verrou était fermé de l'intérieur, aucune trace de violence. La capitaine avait demandé à l'un de ses hommes de faire monter les techniciens de l'identité judiciaire pour relever les empreintes. Elle se ravise. Pourquoi aller mobiliser des ressources ? La DRPJ de Paris croule sous les affaires, inutile d'en rajouter. Le code de procédure pénale donne l'autorisation au parquet d'éteindre les poursuites et de stopper l'enquête « en cas de mort violente vraisemblablement liée à un geste suicidaire ». Si elle demande l'ouverture d'une enquête, il y aura autopsie, les parents de la pauvre gamine risquent de souffrir encore plus. Qu'elle repose en paix. Sa décision est prise. Elle va appeler le substitut du procureur de permanence, et lui communiquer sa certitude quant aux circonstances du décès, suicide par défenestration. La capitaine franchit le seuil de l'appartement et se penche au-dessus de la cage d'escalier pour interpeller les officiers de l'identité judiciaire.

— Pas la peine de monter, les gars. Suicide confirmé, ainsi que l'identité de la victime. J'appelle le procureur, on éteint les poursuites, vous pouvez retourner au Bastion [1].

Étienne poursuit sa marche, dans la nuit douce de ce début d'été. Il marche, sans regarder où il va, comme s'il était saoul. Il se flagelle. Quel

1. La PJ à Paris a quitté le mythique 36, quai des Orfèvres, pour s'installer 36, rue du Bastion, Paris XVIIe.

lâche ! Il n'est même pas resté avec elle, il n'a pas attendu les pompiers, ni la police. Il aurait dû faire rempart de son corps, protéger Esther des charognards, lui tenir la main, lui demander pardon, pardon d'avoir été si dur, si insensible, pardon de n'avoir pas cru à l'ampleur de ton chagrin, pardon de t'avoir méprisée, je ne voulais pas te blesser, je ne voulais pas que tu te fasses du mal, repose en paix, Esther, je te laisse, les pompiers sont là, un médecin va s'occuper de toi, un dernier baiser, un adieu propre, au lieu de cette fuite. Où est ton sens du devoir, Étienne ? Tu te tires, comme ça ? Tu as peur ? Tu fuis tes responsabilités ? Tu nies l'évidence ? Comme un adolescent pris à la sortie d'un magasin avec des marchandises dans son sac à dos. « Je vous jure, M'sieur, c'est pas moi. » Étienne. Tu es ridicule. Fais demi-tour. Va voir les policiers. Va leur expliquer. Ils vont te retrouver, de toute façon. Tu as dû laisser des empreintes sur la poignée de la porte. Une enquête les conduira chez toi. Va avouer, va reconnaître tes torts. Tu ne l'as pas poussée au suicide, tu n'y es pour rien, pénalement parlant. Si tu te caches, tu deviens suspect. Minuit sonne à une église. L'heure du crime. Elle signe la fin de cette journée. Étienne voulait redonner vie à son amour pour Ariane, il a mis fin à celle d'Esther. Il poursuit sa marche. Il ne sort pas son téléphone de sa poche, à quoi bon. Il ne rebrousse pas chemin. Il rentre chez lui. Ses souliers à lacets lui font mal aux pieds. Pas suffisamment. Il voudrait s'infliger plus de souffrance, porter un cilice, et presser sa cuisse jusqu'à faire exploser l'artère fémorale et se vider de son sang. Voilà. Il devrait expier. Au lieu de cela, il va retrouver ses pénates, il va dormir dans le lit de sa femme, pendant que les parents d'Esther vont être réveillés par la sonnerie du téléphone, que la nuit va être déchirée par le cri de leur chagrin, que leur vie ne sera plus jamais la même, mais qu'avons-nous raté, pourquoi s'est-elle suicidée, comment notre fille a-t-elle pu en arriver là sans que nous ayons vu quoi que ce soit ? Ils vont se faire des reproches le restant de leur vie, tout ça parce qu'il a voulu expédier sa rupture. Hop, comme un comité d'investissement, il y a une décision à prendre, elle est prise, hop, au suivant. Des victimes collatérales ? Et alors ? La finance n'est pas le monde enchanté de Ken et Barbie. Étienne se hait d'être en vie à cet instant, il se méprise pour sa légèreté, sa suffisance, son égoïsme. Il arrive chez lui. L'appartement familial est plongé dans le silence. Étienne se déshabille dans le noir, dans la chambre, laissant ses habits en boule, par terre. Il se glisse dans le lit sans réveiller Ariane, tout en appréhendant les minutes qui vont suivre. Pourtant, il sombre brutalement dans le sommeil. Un trou noir que vient interrompre la vibration de son téléphone. Les yeux à peine ouverts, Étienne s'interroge, comme s'il reprenait conscience après un coma. Le lit est vide. Ariane n'est pas là. Elle a dû partir travailler, en prenant soin de le laisser se reposer. Quelle heure peut-il bien être ? Il cherche à tâtons son téléphone sur la table de nuit, n'arrive pas à mettre la main dessus, allume la lumière et se lève pour fouiller ses affaires chiffonnées sur le sol. Il finit par trouver son précieux téléphone, pour constater avec effroi qu'il est 10 h 30 ! Huit appels en absence… Comment est-il possible que les autres appels ne l'aient pas réveillé ? Il n'en revient pas d'avoir dormi ainsi, mais le sommeil n'a pas effacé les images.

Il revoit Esther, pimpante et souriante, qui tourne sur elle-même pour lui montrer combien sa robe noire et blanche lui va bien. Il revoit les larmes, la détresse, la grimace, la souffrance. Il se revoit pousser la porte et quitter l'immeuble. Il sent l'air tiède du dehors qui enveloppe son visage, en contraste avec la fraîcheur du hall de l'immeuble où il s'était arrêté pour reprendre son souffle. Il entend le cri, le bruit, le choc. Il revoit le corps gisant à ses pieds, et l'œil fixe d'Esther. Stop. Pour arrêter le défilé des souvenirs, Étienne écoute sa messagerie. Trois appels de son assistante, Christine, le premier pour s'inquiéter de son absence alors qu'il a une réunion de business développement à 8 h 30, le deuxième pour lui dire qu'une catastrophe venait de se produire, et qu'il fallait qu'il la rappelle immédiatement, le troisième pour lui dire que le CEO de Richter & Co, Michael Perkins *himself*, cherchait à le joindre. Merci, il le sait, il a même appelé trois fois, c'est écrit sous ses yeux, mais sans laisser de message vocal. Le dernier message correspond à l'appel qui l'a réveillé. Il écoute la voix de la mère d'Esther, en larmes, qui vient de reconnaître sa fille à la morgue, et qui voudrait lui parler. Sorbier a un haut-le-cœur, il court dans la salle de bains et vomit dans la baignoire. Il reprend son souffle, se passe un peu d'eau sur le visage, et retourne dans la chambre, d'un pas lourd, les épaules basses. Il va falloir assumer. Il prend une profonde inspiration, s'apprête à appeler son bureau, quand il remarque la notification de Skype. Hier, 21 heures, Esther. Une photo. Pas de commentaire. À l'image, deux tests de grossesse, l'un avec deux traits dans la fenêtre de lecture, l'autre avec une croix bien visible. Comme celle qu'il y aura sur la pierre tombale d'Esther. Elle disait la vérité. Elle était enceinte. Quel enculé. Connard, bâtard, salopard. Il l'a tuée. Il l'a tuée, aussi sûrement que s'il lui avait tiré une balle en pleine tête. Il l'a traitée de menteuse, il lui a hurlé dessus alors qu'elle portait son enfant. Il a claqué la porte, l'a laissée seule, et elle s'est jetée à ses pieds. Il l'a tuée. Il les a tués, elle et leur enfant. Le téléphone sonne. C'est Ariane. Étienne ne décroche pas.

Quoi dire ? Il est livide. La vie le quitte, lui aussi. Comment pourra-t-il un jour se présenter devant Ariane ou devant Claire ? Aucune parole, aucun acte de contrition, rien ne peut justifier ce qu'il a fait. Que dire aux parents d'Esther ? Il n'y a pas de mots. Étienne n'est plus que honte. Six pieds de terre ne seront jamais assez pour le recouvrir. Il voudrait ne jamais avoir existé. Il ne mérite pas de vivre, et mourir serait une peine trop clémente. Disparaître. Se volatiliser.

Il repense à un article qu'il avait lu dans *Le Monde magazine*, quelques années auparavant, titré « L'homme qui voulait effacer sa vie ». Le journaliste retraçait l'histoire d'un homme retrouvé noyé sur les côtes d'Irlande, qu'aucune police en Europe n'avait été capable d'identifier. Ni ses empreintes digitales, ni son ADN, ni les signalements à Interpol ou appels à témoins n'avaient permis de savoir qui il était. Il s'était enregistré à l'hôtel sous le nom de Peter Bergmann, un pseudonyme, avec une fausse adresse en Autriche. Les caméras de la petite ville d'Irlande le montraient entrer et sortir de son hôtel, un sac plein d'affaires à la sortie et les mains vides quand il y retournait. Le seul élément tangible était une visite au bureau de poste. Bergmann a sans doute posté des lettres. Mais on ne saura jamais à qui, concluait l'article. Sorbier avait été frappé par la lecture de ce papier, et il avait regardé le documentaire réalisé sur le sujet par Ciaran Cassidy, *The Last Days of Peter Bergmann*, en se demandant ce qui pouvait bien pousser un homme à vouloir ainsi à tout prix se volatiliser. Il avait sa réponse, à présent.

Effacer sa vie. Réussir sa sortie. Voilà ce qui lui reste : il veut se rayer de la carte, éliminer toute trace de son passage ici-bas, épargner aux survivants le moindre contact avec lui. Il veut se dissoudre. Pour réussir cette disparition, il doit s'éclipser tout de suite, avant de devoir s'expliquer devant les différents protagonistes. On retrouve le Sorbier méthodique, organisé, efficace, précis. Il ouvre le coffre dissimulé au fond de la penderie, en retire son passeport et 3 000 euros en liquide. Il s'habille et entasse quelques affaires dans la valise à roulettes qui l'accompagne dans tous ses déplacements professionnels. Il s'assied un instant à son bureau, griffonne quelques mots pour sa femme, que rien n'apaisera, jamais, d'avoir épousé un monstre pareil. Il ouvre son PC et détruit son profil LinkedIn, adieu Managing Director, sa page Facebook, adieu père de famille attentionné et comblé, son compte Skype sous pseudo bidon, Arthur Miller, ça l'avait fait sourire en le créant pour ses échanges avec Esther, il se comparait à l'auteur qui avait su charmer Marilyn, connard, merdeux, salopard. Il écrase tout ce qui pourrait être logé quelque part dans le cloud, son historique de navigation, ses messages personnels, professionnels, et finit comme à la grande époque par un « Format C : », opération irréversible qui remet l'ensemble de votre disque dur à neuf. Plus rien.

Il quitte la maison, sa maison. Pas le temps de s'apitoyer. Ce sera pour plus tard. Direction Gare de Lyon. Nice. La mer Méditerranée sera son tombeau, c'est trop froid l'Atlantique, il ne pourra pas nager longtemps. Billet de train, sandwiches, boisson, il règle tout en liquide. Les heures de trajet lui permettent de finaliser les différentes étapes de son plan. Où se mettre à l'eau ? La presqu'île de Saint-Jean-Cap-Ferrat, la plus avancée de la région sur la mer. S'il nage suffisamment loin, il faudra plusieurs semaines pour que son corps revienne au rivage, il sera méconnaissable. Il y a même une chance pour qu'il échoue sur des récifs, et qu'on ne le retrouve jamais. Mais si on le retrouve ? Comment éviter toute identification ? Il lui faut une casquette, qu'il ne quittera jamais, pour que son visage n'apparaisse sur aucune image de vidéosurveillance. Ses empreintes digitales ? Il a refait un passeport il y a peu, un biométrique. Elles sont donc enregistrées dans une base de données. Il faudra les effacer, elles aussi. À l'acide ? Trop risqué, il pourrait rester des tissus. Non, il va les brûler. Le feu sera purificateur. La douleur ne lui fait pas peur, il la mérite. La mort non plus, qu'il espère apaisante. Il sait que ses bras ne trembleront pas, et qu'il continuera à nager tout droit, jusqu'à ce que les crampes l'empêchent de faire un mètre de plus. Non, ce qui l'inquiète, c'est que quelqu'un vienne se mettre en travers de son projet. Il voudrait que sa sortie soit réussie. Un projet digne de Richter & Co, parfait, dans les moindres détails.

Épilogue

— Madame Ariane Sorbier ?

— Oui, c'est moi. Qui est à l'appareil ?

— Je suis le capitaine Grondin, de la police judiciaire de Nice. Madame Sorbier, excusez cette question qui peut vous paraître saugrenue, savez-vous où se trouve votre mari ?

— Je n'en ai pas la moindre idée, Capitaine.

— À quand remonte la dernière fois que vous l'avez vu ?

— Il y a plus de deux mois, maintenant.

— Ça n'a pas l'air de beaucoup vous inquiéter. Vous avez eu des nouvelles, depuis ?

— Aucune, il ne répond pas à son téléphone, il n'est pas repassé à son bureau, il a pris quelques affaires, son passeport, sa valise, et il s'est littéralement volatilisé, après ce qui s'est passé. Il m'a laissé un mot, laconique, me disant qu'il partait pour ne jamais revenir, qu'il ne pourrait plus nous regarder en face, ni moi ni Claire, notre fille, qu'il était désolé mais qu'il ne pouvait pas faire autrement. La vérité, c'est qu'il avait raison : je suis soulagée de ne plus le voir. Je guette de temps en temps les mouvements bancaires, par curiosité, mais rien, pas un débit, pas un retrait depuis qu'il est parti. Je ne sais rien. Vous savez où il est, vous ?

— Après *ce qui s'est passé* ? Qu'est-ce qui s'est passé, madame Sorbier ?

— Je croyais que vous étiez flic, Capitaine ? Vous n'êtes pas au courant ? La conduite de mon mari a poussé une jeune femme à se jeter par la fenêtre, du 6e étage. Elle a atterri à ses pieds. Elle avait vingt-cinq ans, soit vingt-six ans de moins que lui, elle travaillait pour lui chez Richter & Co, elle couchait avec lui, et elle était enceinte de lui, ses parents ont retrouvé une photo de tests de grossesse positifs dans son téléphone. Elle est morte sur le coup, le bébé aussi. Alors vous savez, je ne suis pas forcément pressée d'avoir des nouvelles de cet homme que vous appelez mon mari.

— Vous pouvez me lire le mot qu'il vous a laissé ?

— Je l'ai jeté, dans un accès de colère, je suis désolée, Capitaine, je ne l'ai plus.

— Quelque chose d'autre que « je pars » ?

— Oui, ça je ne pourrais pas l'oublier. Une citation de sa pièce favorite, *Mort d'un commis voyageur*, d'Arthur Miller : « Sometimes it's better for a man just to walk away. »

— Madame Sorbier, je suis désolé. Je vais vous demander de bien vouloir venir à Nice. Je crois avoir retrouvé le corps de votre mari.

Grondin raccroche le téléphone après avoir convenu des modalités d'un rendez-vous avec Ariane Sorbier. Il racontera des carabistouilles à la procureure pour que le corps d'Étienne soit remis à son épouse, un hasard, c'est Paris qui a téléphoné pour demander s'ils n'avaient pas trouvé un macchabée, il aurait écrit avant de se supprimer, il inventera bien quelque chose. Il quitte la caserne à pas lents. Quel choc. Une jeune femme qui chute à ses pieds ? Il comprend à présent pourquoi Sorbier n'a pas choisi de se jeter dans un puits.

Il sort de sa poche son paquet de cigarettes, en extrait une et la glisse entre ses lèvres, avant de froisser le paquet dans son poing, et de le jeter dans la première poubelle venue. Il allume sa clope, inspire une bouffée à pleins poumons, et se débarrasse également du briquet.

La dernière, promis.

REMERCIEMENTS

À Catherine, ma bonne fée, qui accompagne de sa bienveillante exigence chacun de mes pas littéraires,

À Georgia, la première lectrice, à chaque fois,

À Odile, ma mère, qui m'a lu, même sur son lit d'hôpital,

À Claire, qui ne m'en a pas voulu de figurer si peu dans ce roman,

À Martine Boutang, pour ses dîners, ses encouragements et ses aiguillonnements,

À Georges Amadeus, cher cousin, pour l'assistance téléphonique et la découverte de l'histoire de Peter Bergmann,

À Anne et Alice, pour supporter leur père, pas toujours facile.

RÉALISATION : NORD COMPO À VILLENEUVE- D'ASCQ
IMPRESSION : MAURY IMPRIMEUR À MALESHERBES (45)
DÉPÔT LÉGAL : MARS 2021 - N° 146291 (251931)
IMPRIMÉ EN FRANCE